I0683828

DETRÁS DE LA CORTINA

Blanca S. Padilla de Otero

Segunda Edición Revisada, agosto, 2020

Edición: Nayda E. Santana Vda. de Portilla
Maquetación: Migdalia Otero
Diseño de portada: Blanca Liz Otero
Diseñador Gráfico: Uditha Sanjaya
Impreso en los Estados Unidos

Dedicatoria

Para mi hermanita Iris, una niña que nunca creció. Te fuiste con Dios al cielo morar y hoy te dedico la segunda edición de mi libro: Detrás de la cortina. Te recuerdo como eras con todo mi amor.

Tu White querida

Agradecimiento

Gracias, Dios mío, por los dones que me regalas.

Gracias, Mayra La Paz, periodista y CEO de la revista digital, Portada Latina, por regalarme una hora de su programa para hablar de la antología. Agradecida y muchas bendiciones. Abrazos.

A Jackie Álvarez, por entrevistarme en su programa "Jackie al punto", para presentar el libro. Abrazos y gracias por la oportunidad.

A Lolin Fuentes, Iris Santana, Delsy Rodríguez y Petrita Flores, por toda su ayuda en la revisión de esta segunda edic

Tabla de contenido

Prólogo

En los cuentos de Blanca S. Padilla de Otero, se percibe una mujer que ha sido marcada por las adversidades que causan la decadencia y la brevedad de la vida. La autora logra recopilar el ritmo del drama de su vida con un espíritu genuino y transparente. Al sobrevivir al cáncer, tiene la imaginación y la fuerza de recrear con pasión su propia vida en sus escritos.

Detrás de la cortina es una colección de cuentos donde el lector encuentra la descripción de un mundo físico que refleja el mundo interior: la armonía entre el alma de la autora y el paisaje exterior. Así lo muestran los cuentos *La radioterapia, La cita, Metamorfosis de la tercera edad, Un viaje dentro de mi cuerpo* y *El susurro de la esperanza.* En ellos se percibe la introspección, expresando no solamente sus propias emociones personales, sino también como se enfrenta a esta enfermedad en su propia carne.

A través de su obra es evidente que es una mujer dispuesta a luchar, sin importarle las adversidades a la que se enfrenta y el hecho de que la vida se termina sin que se pueda hacer nada. Se ejemplifica en los cuentos: *La muerte del Pomelo, Perezoso, El silencio del alma* y *El otoño y El baúl rojo.* La transferencia de sentimientos humanos a los animales y a la naturaleza, son temas recurrentes en sus cuentos.

Blanca no ha olvidado la espontaneidad de la naturaleza y la expresión desnuda de sus sentimientos y emociones, al revivir etapas de su niñez en el cuento: *Un día de lluvia*. Evoca los recuerdos de su infancia con su padre y con su abuela, en *Memorias de mi padre* y *El cuento de la abuela*.

La autora muestra una gran capacidad de observación con una penetrante visión de la realidad social en *La emigrante, La deambulante y El color del alma. Detrás de la cortina* es un lente a través del cual se proyectan los sinsabores de la vida. Sus páginas revelan la lucha del ser humano por vencer los obstáculos que se le presentan. Metafóricamente la autora nos invita en su cuento *El tren de la vida* a viajar para que, por medio de este, el lector reflexione en la suya.

William Badillo, PhD.

Introducción

Comencé a leer y a escribir a los cinco años de edad. Mi primera colección de pequeños libros fueron los cuentos de *Las mil y una noche*, que regalaba la compañía de Chocolate Cortés junto a la envoltura de las de barras de chocolate. Esos pequeños libros eran mis tesoros. Los guardaba en una caja de zapatos. Deseaba leerlos a todos los familiares y amigos que visitaban nuestra casa. Fue en el año 1955, cuando me matricularon en la escuela elemental y desde entonces no he dejado de leer.

Esta antología de cuentos, que ahora tienes en tus manos, es mi sueño hecho realidad. A los 63 años de edad, retirada de la carrera del magisterio, comencé a escribir para sanar. Algunos de estos cuentos narran mi viaje en compañía de un enemigo invisible y como me enfrenté a él.

Entre el 2013 al 2017 fui diagnosticada tres veces con cáncer de mama por lo que tuve tratamientos de radioterapia y quimioterapia. Deseo compartir lo que he aprendido con esta enfermedad y como reaccioné a los tratamientos. Al mismo tiempo, si tú o alguien cercano a ti padece de este mal, te digo que tu actitud ante esta enfermedad te puede llevar a la sanación.

Al enterarme de la noticia me senté ante mi computadora a escribir mis experiencias. Luego leía mis escritos. Una terapia que me hizo olvidarme de mi condición y sumergirme en el mundo de las letras que amo desde mi corta edad.

En el 2016 participé en un Certamen Literario auspiciado por la Asociación Americana del Cáncer, Capítulo de Puerto Rico. Fue creado por la Lcda. Lourdes Calderón, paciente de cáncer de mama al igual que yo. Lourdes se dio a la tarea de darlo a conocer internacionalmente, para que las mujeres afectadas por este fatídico diagnóstico, participaran. Decidí ser parte de este certamen donde obtuve el primer premio con uno de mis cuentos: *El susurro de la esperanza*. Este premio fue mi inspiración para continuar escribiendo.

Heme aquí a los 71 años con la misma euforia de cuando por primera vez pude leer: —Mi mamá me ama. Yo amo a mi mamá.

Ante ti cuentos variados donde detrás de la cortina de la vida hay otro mundo de sentimientos escondidos. Es como una frontera invisible al mundo que solo el personaje de cada cuento conoce. Se asemeja a la cortina de nuestra vida, donde la abrimos y la cerramos escondiendo el dolor que nos agobia, para que nadie descubra nuestra realidad. El lector tendrá la oportunidad de relacionar cada relato a su experiencia personal. Cada narración tendrá tantas interpretaciones como lectores.

Los cuentos donde mi perrita Ámbar, es la protagonista, representan el vínculo de amor entre ella y yo. Es el espejo, a través del cual se reflejan mis sentimientos. Es mi deseo mostrar la grandeza de la Creación y como los animales nos dan ejemplos de esa chispa divina en su comportamiento.

Las historias no tienen un orden específico. Algunos narran eventos de todos los tiempos, desde la abuela del siglo XIX, hasta una joven mujer del siglo XXI. Plasmar en este libro el deseo de sobrevivencia de algunos personajes y sus logros, hizo mi sueño realidad. Fui tejiendo pensamientos, como la araña que teje, dándole forma y tamaño a mis cuentos. Esta antología de páginas con historias breves no es más que un pentagrama de letras escogidas por mí, para facilitarte la lectura de …«cuentos cortos para el alma».

Gracias por abrir este libro, y si con alguno de los cuentos te has identificado, te invito a releerlo. Te sumergirá en el hogar de mis ideas escritas. Te darás la oportunidad de recrear nuevas emociones percibiendo un mundo diferente al mío. Fantasías que emergerán de tu propia imaginación para tu disfrute, creando con ello tu propia experiencia y así volar en alas de la imaginación al mundo *Detrás de la cortina.*

Blanca S. Padilla de Otero

Carta al lector

Compartir la edición de esta obra fue una de mis más bellas experiencias, y más aún compartirla, con una mujer valiente, que atravesó tantas barreras que le impedían terminar este libro. En mi diálogo con la autora me di cuenta de la relación espiritual y mental que existía entre las dos, lo que, junto con su espíritu luchador, hizo posible llevar este libro a su final. Blanca siempre aceptó con humildad mis sugerencias, facilitando grandemente el intercambio de ideas.

A través de algunos de sus cuentos, ella siente la necesidad de hacer llegar su mensaje a la comunidad femenina de: amor, perseverancia, calma, aceptación, sueños, esperanza, riesgo, paciencia y buen humor. El lector podrá identificarse de una forma u otra con sus relatos y hacer suyas algunas de esas historias. Sentirás ser el protagonista. Ella te hace pensar, que son tus vivencias las que se relatan en esta obra, y que te animes a reflexionar acerca de ellas.

Su amor por la naturaleza nos invita a reaccionar ante la importancia de proteger nuestro Planeta Tierra. Es un llamado de emergencia para crear consciencia y empezar a luchar con empeño contra los que destruyen nuestra fauna. Su vocabulario es simple, ameno, elegante y exquisito para así acercarse con facilidad al corazón de lectores de diferentes etnicidades. En sus escritos, la autora tiene la gran capacidad de entrelazar la realidad y la imaginación, de una forma muy sutil, dando prioridad a la creatividad.

La escritora inserta diálogos y situaciones amenas donde la lectura se hace divertida. En algunos cuentos mantiene al lector en expectativa, dándole la oportunidad de imaginar el final. Blanca nos comunica que el imaginar es igual a la realidad. Lo que imaginas ya sea tristeza o felicidad es real basado en la ley universal de la atracción.

Su estilo de dar fin a cada cuento, con un toque de esperanza y alegría, la identifica con un espíritu positivo, que al final te deja saber que todo está bien. Te invito a que lo leas lo disfrutes y lo compartas con alguien más. De todo corazón,

Nayda E. Santana Vda. de Portilla

Editora

El cuento de la abuela

Olvídese de cumplir años y empiece a cumplir sueños.
(F. Javier González)

Te lo cuento como me lo contó la abuela: —El amor de su vida, sus sacrificios, sus pérdidas, su fe en Dios y sus hijos. La abuela mantenía su porte erguido a pesar de sus 96 años; en las mañanas salía junto a su perro sato, Leal, a caminar alrededor del vecindario. Los rayos del sol besaban su piel cobriza de india taína. Según ella decía:

—¡Es un beso del Creador a mi persona!

Con una sonrisa en sus labios de viejita mellada, saludaba a todos los que la conocían, a los extraños y a la naturaleza. En su paseo iba ofreciendo el rosario a la Virgen del Carmen, de la cual era devota.

Su cabello gris rizado siempre lo peinaba en un moño, y de vez en cuando al lavarlo, lo dejaba suelto para que se secara. Nunca aprendió a leer, pero era experta en números. Guardaba su dinero en una pequeña carterita que llevaba prendida con un imperdible al bolsillo de su traje.

—Esto fue lo que me contó la viejita:

No sabía si el padre de sus hijos, era su amante, su esposo, o su concubino. Nunca se había puesto a pensar en su relación. Procrearon siete hijos en una relación secreta. Cohabitaba con el amor de su vida. Benito aparecía en la época de cortar la caña en las fincas de los hacendados. Ella nunca llegó a conocer su familia, con lo poco que sabía, de él. En las noches vehementes de amor, cuando la visitaba, le hablaba de su trabajo sin mucho detalle. Dormían en sacos de arroz que ella preparaba como cama para convertirlos en su nido matrimonial. El hombre en su ausencia, desde lejos escribía poesías para la abuela. Al regresar se las recitaba al oído llevándola a un mundo de palabras amorosas, desconocidas por ella. Nunca le reprochó su ausencia, ni le contó de las vicisitudes que pasaba para poder dar de comer a sus hijos. Solo estaba segura del amor que sentía por él.

Recreaba en su mente esos momentos donde unían sus cuerpos en amor eterno. Se abrazaban, se besaban, se tocaban, y juntos se dormían sin hacer mucho ruido. Los hijos dormían regados por el suelo de tierra con pijamas hechas con retazos de ropa vieja que los vecinos les regalaban. Su dolor de madre y de mujer enamorada se disipaba cuando lo veía. Al acariciarla se embriagaba de amor, y él comenzaba su discurso con palabras falsas y seducción. Inventaba historias haciéndole creer que dentro de poco regresaría para llevarla con él a la capital.

Ella lo escuchaba creando fantasías, pero a la misma vez el miedo la embargaba al oírlo hablar. Callada y enamorada se embelesaba en su verborrea volando a la eternidad. Benito le tomaba la mano y se la colocaba en su pecho, diciéndole cuanto la amaba, y lo importante que eran ellos para él. La abuela sufría sus mentiras, un sollozo se le quedaba en su garganta. Le dio la espalda haciéndole creer que dormía. Una lágrima rodó por su mejilla perdiéndose en su cuello y secándose en su larga caballera.

Una luna llena les alumbraba llegando hasta el rincón del cuarto. Ahí, la abuela, mujer enamorada y sin esperanza, en silencio lloraba su inmenso dolor, su frustración, su rabia y su deseo interno de gritarle que se fuera. Los ronquidos de los niños parecían notas musicales en la oscuridad del silencio de la noche.

A lo lejos un gallo cantó anunciando que dentro de poco entraría la mañana, donde el sol ordenaba a la luna retirarse. Lo buscó extendiendo su brazo. Se había ido sin despedirse. La abuela solo olfateaba su olor, su sudor de hombre y los abrazos. Recreaba la noche compartida, sus palabras y la fecha en que volvería. Se daba cuenta lo tonta que era. Lo odiaba, lo quería, lo maldecía por hacerla sufrir, por ignorar a sus hijos, por las promesas que no cumplía, y por dejarla sola en su desventura.

Admitió que le tocaba mantener y cuidar el futuro de sus hijos y el de ella. Vivía en oscuridad. En su casa faltaban las velas para alumbrarse en las noches. Solo en las noches de luna llena podía ver lo que la oscuridad le ocultaba. Su mente se iluminaba haciendo un recuento de todos los sacrificios que hacía. Era analfabeta, pero le encantaba escuchar a su hijo mayor leerle los cuentos del libro escolar. Había aprendido a contar del uno al cíen gracias a su primogénito.

Algunos de los vecinos criaban gallinas, cerdos, vacas y cabras. Celosamente los cuidaban para evitar que, uno más listo, en el silencio de la noche, ordeñara las vacas o las cabras, para dar de beber a un recién nacido.

La abuela había comenzado a cultivar café y tabaco en un pedacito de terreno en la montaña. Tierras que no le pertenecían, pero su necesidad era mayor que su realidad. Trabajaba de sol a sol cuidando con esmero sus plantitas. Esperaba la vendimia de la cosecha con ansiedad. En el tiempo de recoger las bayas del café, lo hacía ayudada por sus tres hijos mayores. Las dejaba secar, las tostaba al sol y luego las molía en un pequeño molinillo viejo para vender el café a los vecinos. El dinero que ganaba lo guardaba en un bolsillo de su gastado vestido. Le servía para comprar alimentos a sus hijos. Se creía rica con su pequeño huerto que le permitía vender su cosecha una vez al año.

El tabaco lo cultivaba para su uso personal y pequeñas ventas. La consideraba la planta maravillosa. El tabaco es una planta muy resistente que se puede cultivar en cualquier terreno. Al momento de cosecharlo, de recogerlo y de curarlo, practicaba las enseñanzas aprendidas de niña. Mantenía las hojas intactas para colgarlas y así tenerlas listas al proceso de curarlo. Luego lo cortaba en tiras largas y finas para mantener su forma, y al final enrollarlo. Éste se asemejaba a una morcilla del cerdo. Terminada su labor lo escondía dentro de una lata de galleta vacía.

En sus noches de soledad cortaba un buen pedazo, lo echaba en su boca saboreándolo como el mejor manjar. ¡Así fue como aprendió a masticarlo! Mientras trabajaba en su pequeño huerto lo masticaba y luego movía su cabeza para escupirlo sin mirar a donde lo lanzaba, o a quién bendecía al disparar por su boca una saliva oscura y pesada. Algunas veces, por accidente, caía como lluvia en la cabeza de uno de sus hijos, otras en alguna planta, o sin darse cuenta en sus propios pies. ¡Qué más le podía pedir a la vida! Vendía bolsitas de café sin moler a dos centavos y el tabaco hilado a cinco centavos, así se ganaba el sustento de sus hijos. Era el único trabajo que podía hacer en la época de cosecha.

En los días que el hambre les amarraba las tripas sus hijos lloraban porque no tenían que comer. Los niños, a escondidas de ella, buscaban desperdicios de comida en la basura y juguetes rotos en los zafacones del barrio. Algunas veces llegaban a la casa con muñequitas estropeadas o trompos sin puntas, tesoros que escondían para que su madre no se diera cuenta. Los vecinos se burlaban de ella y de sus hijos. Los niños de la vecindad los habían bautizado con el apodo de *Basurita.*

—Pobres, pero con vergüenza, pobres, pero orgullosos, pobres, pobres, pobres…, —repetía ella mentalmente mientras su corazón se desbordaba en llanto.

Sus problemas se disipaban cuando Benito llegaba. Se dejaba acariciar y hablaban con nostalgia en las noches perdidas. La abuela se emborrachaba de amor por él. Era el momento para hablarle y fantasear de cuando los mudaría a la capital. Ella escuchaba su conversación con miedo a abrir su boca. Temía incomodarlo y echar a perder el único momento de su vida que volaba hacia el infinito, lejos de todo ruido, de amargura, de miseria y de dolor.

En el horizonte la luna llena iluminaba sus cuerpos a través de la ventana. Ella deseosa de entregarse, le tomó una mano y la colocó en su corazón diciéndole:

—Escucha, como mi corazón late por ti.

Él la acariciaba con habilidad del hombre que conoce como tocar una mujer sin perder ninguna oportunidad, abrazándola y besándola. Solo se escuchaba el canto del Coquí, el zumbido de los mosquitos, la respiración de ambos y los ronquidos de los niños en esa noche especial.

Se quedó dormida, momento que él aprovechó para escaparse en la oscuridad de la noche. A lo lejos la luna alumbrándolo lo siguió por la vereda despiadadamente. Ella lloraba en silencio, su ausencia, sin esperanzas de un mejor mañana para ella y sus niños. El recuerdo de la noche especial que juntos compartieron se desvaneció de su mente ante la rabia que embargaba todo su ser. La abuela se preguntaba sin consuelo y dijo:

—¿Qué somos? ... ¿Amigos, amantes o esposos?

—Aquí se acabó el cuento como me lo contó la abuela, te lo cuento.

La radioterapia

Un día te darás cuenta que no eres una sobreviviente más, sino una valiente guerrera que jamás se rindió.

(Cambios en la piel y las uñas durante el tratamiento del cáncer publicada originalmente por el Instituto Nacional del Cáncer) La radioterapia: »A veces causa sequedad, descamación, picazón (prurito), enrojecimiento u oscurecimiento en el área de la piel que recibe la radiación. La piel tal vez estará más propensa a quemarse o hinchada por los rayos del sol. Es posible que también tenga llagas que se infecten, que se vuelvan dolorosas y húmedas «.

Fui diagnosticada de cáncer de mama por primera vez en enero, 2013. Tuve una cirugía del seno derecho para conservar la mama (Lumpectomía), donde se extirpó el tumor y el tejido adyacente que lo rodeaba. Me tocó visitar al radiólogo-oncólogo quien discutió conmigo la terapia de radiación que iba a recibir. Esta consistía de treinta y seis tratamientos. Se programó para recibirla cinco días a la semana.

Mi esposo, chófer asignado, me acompañaba a las citas. En el camino yo repetía interiormente decretos positivos que me ayudaban a mantener la calma.

Al llegar a la clínica, me registré para luego pasar a la sala de espera donde comenzaría mi calvario. Con los ojos del alma observaba a las personas sentadas frente al paredón de tratamiento, las conté sin que ellas se dieran cuenta. Eran de diferentes nacionalidades, y algunos alborotados por la espera, hablaban una variedad de dialectos al querer explicar el tipo de terapia que iban a recibir. Unos más que otros verbalizaban mejor lo que les preocupaba.

Los diferentes acentos y matices de voz llegaban a mis oídos mientras yo leía un libro para distraerme. Hombres y mujeres, niños e infantes padecían del mismo mal. La curiosidad, que no discrimina sexo, bailaba en los labios de cada uno. En sus ojos se notaban las ansias de preguntar. Todos manteníamos las cabezas bajas en silencio. Si alguien iniciaba una conversación era para interrogar acerca del diagnóstico y el tratamiento. Siempre alguien más espontáneo lanzaba las preguntas:

—¿Dónde tienes el cáncer? ¿Cuántos tratamientos te van a dar?

Dos preguntas, solo dos. No me gustaba hablar de mi condición. Huía de ella, mi confianza era plena en el Creador y en mi salud mental. Entendía que el cáncer quería apoderarse de mi cuerpo, pero yo lo cancelaba y lo transmutaba tan pronto aparecía en mis pensamientos. Con todo mi ser lo ignoraba. No me pertenecía. Por accidente llegó al cuerpo equivocado.

—¿Cuántos tratamientos te faltan? —Me preguntó el paciente sentado a mi lado. Levanté mi cabeza dando a entender que no me gusta hablar del tema, pero le respondí con mi voz cansada —: Varios.

Un día vi acercarse una señora con su hijo. Efusiva me saludó y me recordó quién era. La había conocido en una actividad meses atrás. El pobre niño se veía cansado, con huellas del tratamiento en la piel de su cráneo. No hice preguntas. Ella, como lora parlanchina, me contó acerca del diagnóstico, su pronóstico y lo difícil que era para ella cuidarlo.

Observé a una pareja de ancianos que se aproximaban, y al sentarse entrelazaron sus manos e inclinaron sus cabezas para orar.

—¡Qué lindos! — pensé.

La anciana, con su pelo blanco como la nieve, cubría su cuerpo con un suéter para abrigarse del frío de la sala de espera. Lucía cansada, la tristeza se reflejaba en la melancolía de su cara. El anciano tendría algunos setenta y cinco años. Sus manos le temblaban al sostener el libro que leía. Una barba blanca le hacía juego con su pelo. Imaginé el sufrimiento de ambos.

—A pesar de que sabemos que morir es parte del ciclo de nuestra vida, rechazamos la idea al tener un diagnóstico catastrófico como lo es el del cáncer. ¡Solo se piensa en la muerte! En ese momento asumimos lo cerca que estamos de nuestro final.

Me movieron a la sala de espera al área de mujeres. Pensaba en mis hijos y mi esposo. La realidad de mi nuevo dictamen abrumaba a toda mi familia. La próxima en turno era yo. A lo lejos percibí que me llamaban. Cerraba mis oídos para no escuchar mi nombre. Con lentitud me levanté y a mi espalda sentía la mirada de los que sentados, esperaban ser la próxima víctima de la máquina. ¡No tiene piedad de nadie! Había dos técnicos asignados para cada paciente. Saludé como de costumbre a los dos que me tocaron para ayudarme este día. ¡Eran mis favoritos! Me hicieron repetir mi nombre y mi fecha de nacimiento.

Acompañada por ellos, temerosa, me llevaron hasta el cuarto de los tratamientos. Mi alma lloraba en silencio sin permitirme soltar lágrimas. Esta era la primera vez que pasaba por un tratamiento de radioterapia. Sentía que mi privacidad era violentada.

Tenía que mostrar mi desnudez a un extraño, un hombre joven que con respeto y paciencia acomodaba mi cuerpo en la camilla fría y dura.

Mi corazón comenzó a latir fuerte y rápido. Sentía que mi presión arterial me ahogaba. Mis manos sudaban y no podía articular palabra. Me acostaron en la mesa fría y se retiraron, dejándome sola en una habitación herméticamente cerrada cuya pesada puerta clausuraba todo. Era el momento de enfrentarme a la inmensa máquina. Me convertía en su víctima, como un soldado enemigo, a punto de ser atacado. El pánico se apoderaba de mí. En mi mente buscaba las salidas de escape. Miraba al techo como mi primera alternativa:

—Remuevo las planchas del plafón, y por ahí me salgo, —pensaba acostada en la camilla.

En un momento dado podría comenzar a gritar haciendo señas, a través de la cámara, que le permitía al técnico saber cómo me sentía. La niña que llevo adentro tuvo miedo. Miedo a la soledad, miedo a lo desconocido. Sentí la ausencia de un abrazo que me protegiera y me dejara saber que no estaba sola. Llamé a mi ángel de la guarda y esperé su compañía.

Acostada en esa mesa fría cubierta por una sábana miraba la máquina, que, como robot con cuatro diferentes caras, me retrataba. Saludé el Cristo que había en cada una de ellas. Le di las gracias por lo que hacían cada día. Dios otorgó al hombre sabiduría para construirlas. Los materiales con los que están hechas vienen de la naturaleza creada por Él. No me sentí rara al saludarlas. Pensaba ponerles un nombre. Escuché el ruido de la máquina, el primer ojo se detuvo varios minutos en el área específica donde está el cáncer para no perjudicar otros tejidos. Yo contaba en voz baja, uno, dos, tres…noventa, para disipar mi angustia.

Frente a mí se colocó el segundo ojo. Nos miramos de hito en hito sin perder detalle. Con voz trémula le di las gracias por cuidarme, pero al mismo tiempo le dejé saber que le temía. Le expliqué lo temeroso que era para mí estar sola frente a cada uno de sus ojos. Ella asentía con la cabeza. Con pánico y con un falso cariño le hablé de los ángeles que se colocaban a mi alrededor cuando ella se acercaba. En mi pecho se acostaban para protegerme de los rayos que me quemaban. Los minutos del segundo ojo llegaban a su fin. Pestañeó, alejándose de mí. Pasaron varios segundos, cuando el próximo ojo aparecía para finalizar el tratamiento. Comenzaba el ruido, y yo a contar uno, dos, tres…noventa, hasta que el cuarto ojo llegaba y comenzaba de nuevo a contar.

Mantenerse acostado en esa camilla sin poderse mover hace que todo el cuerpo duela. Finalizada mi terapia los técnicos entraban al cuarto levantándome con cuidado. Me despedía de ellos y me dirigía al cubículo a vestirme, donde ya mi esposo me esperaba. Me ayudaba a quitar la bata y aplicarme en el pecho un ungüento que evitaba la irritación. Gracias a la protección de mi ángel de la guarda, que se acostaba en mi pecho durante mis tratamientos, mi piel quedó intacta.

Este tratamiento provocó en algunas pacientes que su piel se hinchara y se les quemara. Las féminas sufrían de quemaduras de tercer grado quejándose de un olor a piel quemada que no les permitían dormir. Al final de mis tratamientos salí airosa, porque no desarrollé ninguno de estos efectos secundarios. Me miré en el espejo del cubículo y ya vestida caminé por los pasillos de la clínica hasta la salida. Agradecí a Dios su misericordia.

Afuera el mundo sigue su ritmo. Cada ser humano tiene sus propias experiencias, sus alegrías y sus penas. Vivir y morir: es el legado que traemos al nacer. Los desafíos que enfrentamos diariamente son parte de la vida. Atrás dejaba la máquina, mis pisadas, mis pensamientos y mis temores. Mi actitud positiva bendijo mi vida y saludo cada día con palabras de agradecimiento.

—Hoy es un día para sonreírle a la vida, sin pánico, amándose, siendo felices, agradecidos, para así vivir a plenitud.

Metamórfosis de la tercera edad

En la juventud la belleza es un accidente de la Naturaleza. En la vejez, es una obra de arte. (Jersey Stantnislaw Lec)

Pensar en la vejez la aterraba. Se sentía joven. Siempre vestía de acuerdo a su edad. A los 65 años, aún trabajaba, cuidaba su dieta, practicaba yoga y visitaba el salón semanalmente para retocar su cabello gris, depilar sus cejas y cada dos semanas se hacía una pedicura y una manicura. Su maquillaje era recatado, pero con gusto. Su placer era viajar todos los años. Miraba su cuerpo en el espejo sin detenerse mucho frente a él. Exploraba su anatomía observando la transformación que viene acompañada por los años y aceptar con dignidad ese cambio.

El reloj marca las diez de la mañana. Ese fue el día escogido por ella para aceptar lo inevitable. Verificó que las puertas de la casa estuvieran cerradas. En la soledad de su hogar había decidido mirar de tú a tú sus temores. Sigilosamente entró a su habitación cerrado la puerta y las ventanas. El silencio y la oscuridad cubrían el cuarto, su cuerpo y su mente. Las manos le sudaban y su corazón latía a un ritmo acelerado.

Caminó hasta el espejo y frente a él se desnudó lentamente. Es el amigo fiel, sincero, que no escondía su realidad y ante el cual se arriesgó a examinarse. Sintió ansiedad, un terror irracional se apoderó de ella provocando manchas rojas en su piel y sintiendo que su presión subía induciendo calor en su cara. Su corazón latía rápidamente mientras su lengua lamía sus labios secos buscando saliva para humedecerlos. Presa de la ansiedad sintió que se ahogaba. Con timidez bajó su rostro y comenzó su examen físico.

Los años habían llegado sin anunciarse. Examinó sus pies, sus piernas y sus muslos. Los capilares azules y rojos en ellos se proliferaban como telas de araña. Algunos dilatados formaban círculos y otros pequeños crecían en su pantorrilla, en los tobillos y hasta en el empeine de sus pies. Fue ahí que se dio cuenta que hacía algunos años la tercera edad la estaba acechando.

Alzó su cabeza, ignoró el torso, llegó a su cara. Miró con detenimiento el *mapa de la vida* que dibujaba cada arruga en su rostro. Las miró, alrededor de sus ojos, atrevidos e insensibles pliegues, que, como marcas de las experiencias intensas de la vida, se colocaban sin permiso en sus ojos. La flacidez en los párpados superiores hacía que se abolsaran descendiendo a los inferiores creando arrugas alrededor de ellos. En la frente lucían tres arrugas, que sin ella pretenderlo querían mantenerse unidas. Tenía una cabellera gris casi blanca, una nariz superior alargada y el labio de la boca mostraban pequeñas líneas verticales que se unían cuando hablaba.

Con su cabeza baja, ignorando su pecho, se miró las manos. Dueñas de su tacto, con ellas había acariciado, abrazado, acunado a sus hijos y unidas al momento de orar. Ahora, ellas se cubrían de manchas con venas sobresalientes causándole dolor al cerrarlas.

¡Llegó el momento de mirar su pecho! Cerró los ojos. Los apretaba recreando en una película mental su vida. Decidida los abrió bruscamente. Frente a ella, dos grandes mamas redondas, tan grandes como dos melones apuntando hacia el ombligo, ocultaban el rosado pezón obedeciendo así la ley de la gravedad. Habían sido la lactancia de sus hijos al nacer y su zona erógena de placer.

Trató de avanzar en su caminata por su cuerpo sintiendo que su dolor se iba disipando. ¡Se dio cuenta que todo era mental! Creó una fórmula matemática—Edad es igual a sabiduría.

Quería controlar la máquina del tiempo y revivir las experiencias pasadas, corregir los errores cometidos y valorar las cosas más simples. Admiraba el atardecer y el jugar de las nubes cuando corrían escondiéndose del viento. Se deleitaba de las estaciones del año y sus transiciones: las flores en la primavera, la hojarasca del otoño, la desnudez de los árboles en el invierno, y los días de playa en el verano. Por fin, se miró como un solo conjunto frente al espejo. Se abrazó y comenzó a reírse, carcajadas fuertes salían de su pecho. En voz alta para escucharse a sí misma, decía—: ¡Vieja, vieja, vieja! —«¡*Ahora camino por la vida/ sin prisa y con altivez/ disfrutando el resto de mi tiempo/, ¡metamorfosis divina de la vejez!*».

La muerte del Pomelo

Si un árbol muere, planta otro en su lugar. (Carlos Linneo)

El virus de la tristeza se apoderaba de él como neblina otoñal. Había comenzado su inventario mental abriendo el baúl de los recuerdos. Imágenes borrosas llegaban sin poderlas descifrar. Su existencia había sido una muy fugaz. Calculaba su edad de acuerdo a las primaveras vividas. ¡Quince años! Se sentía joven, pero incapaz de luchar contra el aniquilador que poco a poco le iba quitando la vida.

Hacía días que observaba a sus nuevos inquilinos: una pequeña colonia de hormigas que se colocaron cerca de su tronco. La reina había sido la primera en entrar al nido seguida de un séquito ordenado, silencioso y muy bien organizado. Un poco altanera lo miró sin darle importancia. Se comunicaban entre ellas sin impórtales la distancia enviándose mensajes de alarmas para las que quedaban rezagadas. En su interior el hormiguero tenía un pasadizo perpendicular que a su vez tenía pequeñas galerías sin salidas, destinadas al almacenaje de comida, y un basurero cerca de la superficie. Conocía todas sus movidas, pues a través de los años eran muchas las hormigas que habían vivido junto a él.

Por su experiencia con las hormigas inquilinas estaba familiarizado con la jerarquía que existía entre ellas. La reina mantiene el orden y las demás obedecen. Otras, las más pequeñas, son obreras o soldados. Su tarea consistía agrandar, mantener y defender el hormiguero; recoger comida, alimentar y cuidar de la reina y sus crías. Recordaba como las pequeñas salían en busca de insectos, no sin antes aprender la disposición del terreno que rodeaba su nido, de manera que pudiesen regresar sin perderse después de una expedición en busca de víveres.

A pesar de lo indiferente que era la reina, Pomelo las amaba porque sentía que eran parte de su existencia. Las hormigas obreras ayudaban a que los insectos que lo invadían no se acercaran. Además, él deleitaba sus pupilas al verlas llevar su rebaño de insectos en fila india hasta llegar a su destino final. Eran trabajadoras incansables. Siempre se aseguraban de tener suficiente comida.

Se había encariñado con una hormiga soldado. La labor de ésta era luchar y triturar alimentos duros. Siempre lo hacía reír. Algunas veces el árbol la atrapaba arrancándole pequeños pedacitos de la piel de su tronco. La había bautizado con el nombre de Hércules. En los días ventosos a Hércules se le veía temblar de miedo, ya que no quería ser arrastrado por el viento y tener una muerte violenta. Pomelo la protegía de los pájaros que comían insectos.

A él le agradaban las visitas de Hércules. Un día el árbol sintió la necesidad de hablarle, de explicarle su diagnóstico (se estaba muriendo), todo el sentimiento que guardaba en su interior, pero se dio cuenta que la joven hormiga se veía enferma y prefirió callar.

En una de esas visitas mientras hablaban, Pomelo a lo lejos, vio venir a su amigo Ágape. Con disimulo el árbol le susurró a Hércules que corriera al ver que Ágape, un pájaro exótico de colores muy hermosos, se acercaba a ellos. Hércules era una presa fácil para Ágape. Pomelo conocía su debilidad por los insectos. Fueron muchas las veces que lo vio excavar en el suelo buscando sabandijas para comer. La hormiga aterrada se movía, pero no tan rápido como para ponerse a salvo. Ágape, exhibiendo sus dotes de gran cazador, la atrapó y ese fue el final de Hércules, un soldado que no vivió para contar su infortunio.

Ágape, con su cabeza en alto y saboreando en su paladar su presa, saludó a Pomelo. El árbol, indignado por la pérdida de su amigo, no lo saludó. Se habían hecho amigos en una primavera donde Ágape cortejaba a Turén, una hermosa pajarita. Pomelo la bautizó con ese nombre en honor a la diosa griega de la vegetación y los jardines. El Pomelo recordaba el silbido del canto que Ágape emitió ese día desde la copa de un árbol, para enamorar a la bella dama. Su tono fue más sutil que el canto con el cual él normalmente se comunicaba.

Ágape era un pajarito muy tranquilo y sociable. Le gustaba hablar y muchas veces se quedaba en las ramas del Pomelo para dormir su siesta, comer sus flores y sus frutos. Ágape le coqueteaba a Turén y la alimentaba con semillas. Pomelo no preguntaba nada por discreción, pero sabía que ya eran marido y mujer. Éste, gozó disfrutó la gestación de la pajarita. Ágape cantaba fuerte, en forma de silbidos parecidos al sonido de la flauta, que anunciaba el embarazo de su amada.

El Pomelo lo llamaba Ágape por lo amable y afectuoso que era con Turén, con todas las demás aves y con él. Se preocupaba por el bienestar de ella y de sus hijos durante la etapa de crecimiento. Tenía un pico rojo, la cresta puntiaguda y las patas grises. Era un rojo brillante, pero más rojo en las partes superiores. Poseía un penacho y un antifaz negro en su cara.

En los últimos meses, Ágape observaba como el ramaje de Pomelo era menos denso. Sus ramas se veían desnutridas con hojas de colores verde pálido y otras marrones que revelaban su muerte. Advertía su tristeza sabiendo que Pomelo sufría en silencio. Discretamente volaba, a su alrededor, brincando de rama en rama, como un médico auscultando su paciente en la etapa final. En esos momentos hablaban del tiempo y de los pequeñines que ya se estaban jóvenes. Gentilmente, Pomelo le explicó que posiblemente tendría que buscar un nuevo árbol para construir su vivienda. Ágape escuchaba en silencio sin expresar emoción alguna.

Mientras hablaban vio a Rita, la ardilla, acercarse con cautela al lugar donde se había posado el cardenal. No le dio tiempo de avisarle del depredador que lo acechaba. Pomelo la había conocido el año anterior. Vivía en un árbol de pino aledaño a él. Había creado su guarida en el hueco natural del árbol, a una distancia segura del suelo, construyendo así su madriguera. La usaba para dormir y pernoctar durante el embarazo, el nacimiento y la crianza de las ardillas jóvenes. La contemplaba cuando escondía las semillas de pinos durante el otoño. Dentro de pocos años aquel lugar se convertiría en un edén para todas ellas, ya que se veían árboles de pino creciendo en los alrededores, gracias a Rita.

La llamaba por ese nombre porque cada vez que lo usaba de trampolín, para brincar desde sus ramas al pino, lo irritaba y de ahí Rita. Que además, ella se comía los alimentos de los comederos de sus amigas las aves y las ahuyentaba. Con sus cuatro dientes frontales dañaba los jardines. Con gracia, correteaba todo el tiempo saltando de rama en rama. Pomelo detestaba su silbido cuando el peligro la acechaba. La vio alejarse y se sintió más relajado.

Pomelo nuevamente presentía que llegaba a su final. Era un árbol que en sus buenas épocas toleraba las condiciones del tiempo. Sus flores fragantes eran visitadas por pájaros y abejas. La cáscara de su fruta, que se despegaba fácilmente, era gruesa y carnosa. Con angustia recordaba sus excelentes cosechas. Ahora, sus frutos, que una vez fueron grandes y jugosos y el deleite de muchos, yacían en el suelo secándose al pasar los días.

En su recorrido mental repasó cuando fue que la enfermedad llegó hasta él. Recordó entonces a un insecto que se alojó en su tronco. Este huésped que conversaba con él por horas, que cantaban juntos, había llevado sin intención la bacteria, obstruyéndole los canales de alimentación. El Pomelo lo protegió de las condiciones climatológicas y le permitía comer de sus frutos.

La bacteria se pegó a su tronco y a sus ramas, como una sanguijuela que se adhiere a un animal, para chupar su sangre. Era un mal devastador. Escuchó al dueño de la finca decir que los expertos en el continente americano estaban enfrascados en una verdadera lucha para contener la enfermedad. Dijeron que la llamaban el *Dragón Amarillo*. Comprendiendo la razón del cambio en sus hojas y en todos sus sistemas.

La vida se le escapaba de sus ramas, raíces, tallos, todo se iba oscureciendo como cuando el sol se aleja dejando todo en penumbras. Su congoja iba creciendo porque ya no podía absorber los nutrientes, ni el agua que llegaba hasta él a través de sus raíces. Sus ramas debilitadas ya no se movían con el viento que lo rozaba y se despedía sin tocarlo.

Escuchó el silbido de Rita despidiéndose de él, quien lloraba su final. Era un sonido diferente. El pitido angustioso le lastimó sus oídos. Las aves amigas en bandadas volaban a su alrededor. Un enjambre de abejas le dijo adiós. La hojarasca, movida por el viento, emitía sonidos crujientes expresando su dolor.

El suelo forrado por todas las semillas que dejaban sus frutas dañadas, formaban grandes sementeras que le daban la esperanza de que en algún lugar de la finca crecerían. El ramaje, que en otro tiempo estaba lleno de hojas, sucumbía dejando escuchar un golpe seco al caer.

A lo lejos escuchaba voces que no podía distinguir. Las pisadas fuertes se iban acercando acompañadas de las pesadas botas del jardinero. Machete en mano comenzó a dar golpes a las ramas pequeñas, luego a las más grandes. Llegó hasta el tronco, lugar que ocupaba su corazón y de un solo golpe lo partió en dos. En su último suspiro sabía que volvería a renacer. Sus semillas se quedaron esparcidas en la finca asegurando una nueva generación.

Un viaje dentro de mi cuerpo

Mi cicatriz es mi medalla de honor. Aunque no me gusta me siento bendecida y honrada de llevarla. Verla me recuerda que el cáncer no es el fin, se puede vencer y hasta hoy yo le gané. Seguiremos en victoria. (Carmen Vélez Stella- sobreviviente)

Caminando buscaba una explicación a lo que le estaba pasando. Presentía algo amenazador dentro de ella sin saber el por qué. Sintió que su mundo se derrumbaba lentamente y la alegría de vivir se apagaba. Al recibir la noticia de su médico quiso gritar y no podía. Anonadada no deseaba hablar con nadie. Cerró sus ojos para concretarse y asimilar el diagnóstico.

Con este pensamiento se aisló. Se sentó en una esquina del balcón, donde nadie la viera. El ruido mental de sus pensamientos tropezando unos con otros la enloquecía. Mientras meditaba se preguntó:

—» ¿Por qué a mí?». Su raciocinio obsesivo la amilanaba ante su realidad de un dictamen basado en mamografías, rayos X, además, una biopsia del pequeño tumor. Era el momento de mirar en su interior para comenzar su viaje. Cerró sus ojos, respiró, trató de relajarse para iniciar un viaje imaginario que le daría la paz y la estabilidad emocional que necesitaba.

Escéptica, empezó un recorrido interior por los órganos de su cuerpo, buscando una señal que le hubiese avisado de la presencia del tumor. Comenzó haciendo un recuento de los once sistemas del cuerpo. Eligió el sistema nervioso central para comenzar su viaje. Tocó a las puertas del cerebro, el jefe de nuestro cuerpo, que se encarga de recibir señales, procesarlas y devolverlas en forma de respuesta.

Preocupada decidió preguntarle del paradero de alguna otra célula que se hubiese desprendido del tumor de mama que le acaban de detectar. Gentilmente le dijo:

—No he visto nada por aquí.

Triste y a la vez alegre decidió seguir su búsqueda. Llena de júbilo entendió que no había células malignas en la casa del gran jefe.

Le tocaba caminar por todo el sistema esquelético, conjunto de las piezas óseas en nuestro cuerpo. Un armazón formado por huesos que protege y sostiene el cuerpo. Es muy complicado y extenso, lo que le tomaría muchas paradas para terminar su recorrido. Temblorosa le preguntó si había visto en los últimos días alguna actividad diferente a su alrededor. Le informaron que todo estaba normal. Con una sonrisa en sus labios continuó su viaje.

En su descenso observó que al pasar los días el tumor es la sombra que le acompaña y que pasa inadvertida para que los órganos no se den cuenta. Se detuvo ante el sistema respiratorio. Su función principal es facilitar el cambio de gases que pasan por los pulmones y expulsan las toxinas permitiéndonos respirar el oxígeno. Estos aumentan con el aire que ella inhala y se vacían al exhalarlo comparándolos con la aurora que entra, va en aumento, amanece y el día es perfecto. Ya con mucha vergüenza preguntó si sabían de unas células malignas que querían atacarla y llegar hasta ellos. La respuesta fue:

—¡No! — Su viaje parecía no tener fin.

Deambulaba sin saber con qué se tropezaría. Llegó al sistema circulatorio. Es el que transporta la sangre a todos los órganos, los alimentos que ingerimos y el oxígeno que respiramos a todos los sistemas. Llegó cerca del corazón, órgano del cual emana la vida. Trabaja sin descansar. Una amiga lo llama el *caballo de batalla*. Su función es bombear la sangre a través de los vasos sanguíneos. La miró con ternura, le sonrió con amor, parpadeó y le dijo: —Aquí todo está bajo control, adiós. —Gracias, le contestó la mujer.

La altura la mareaba y sentía miedo al mirar hacia abajo. Perseverando en su búsqueda decidió descender con mucho cuidado. Miró el estómago, órgano que pertenece al sistema digestivo, el cual procesa la digestión a través de la conversión de los alimentos. Al lado derecho observó el hígado y al izquierdo el bazo, así como, el páncreas. Laboraban sin prestarle atención a la extraña que husmeaba en sus alrededores. Ella fascinada observaba la comunicación y la organización entre ellos. Una mano oculta los dirigía, y como marionetas movidas por un hilo invisible, ejecutaban sus funciones.

Con una respiración agitada llegó al estómago. Le preguntó con humildad si por ahí había pasado alguna célula extraña, o si el bazo o el hígado les llegó la visita inesperada de una pequeña intrusa a sus interiores. Él le contestó:

—En estos últimos días todo ha estado bajo control.

Le dio las gracias y se retiró. Caminó un poco hasta los intestinos invitándolos a ser su aliado en la búsqueda de células invasoras. Su función principal es absorber los nutrientes y el agua que tomamos durante el proceso de alimentación. Ellos la miraron ignorando su petición y siguieron trabajando.

Llegó hasta la vejiga, parte del sistema urinario. Con una voz delicada y suave le explicó a ésta el por qué observaba su cuerpo por dentro. Quería estar segura de que ninguna célula maligna se haya escapado para invadir su cuerpo. Amablemente la vejiga le dijo:

—Aquí no.

Siguió trabajando sin darle importancia a la intrusa.

—¡Aleluya!, se escuchó decir.

Cansada y tensa visitó la piel. Es el órgano más grande de nuestro cuerpo. Está formado por el cabello, la piel, las uñas, el tejido subcutáneo y varias glándulas. Cada uno la recibió con prisa, ya que trabajaban arduamente para mantener el funcionamiento del cuerpo. A todos le hizo la misma pregunta. Sus respuestas eran las mismas:

—¡No!

Se sentía agotada. Decidió regresar a su realidad, ya que el esfuerzo y la angustia que ella había colocado en su mente la lastimaban. Entusiasmada se levantó con alegría. Ante el reto del intruso confiaba que podía enfrentarlo sin dejarse intimidar. Su mundo interior era fascinante. Su ánimo subía en escala como nota musical mientras agradecía a Dios por tantas bendiciones. Pensó:

—¡En pie y en victoria!

Gracias al artista Rafael Monzón por esta obra

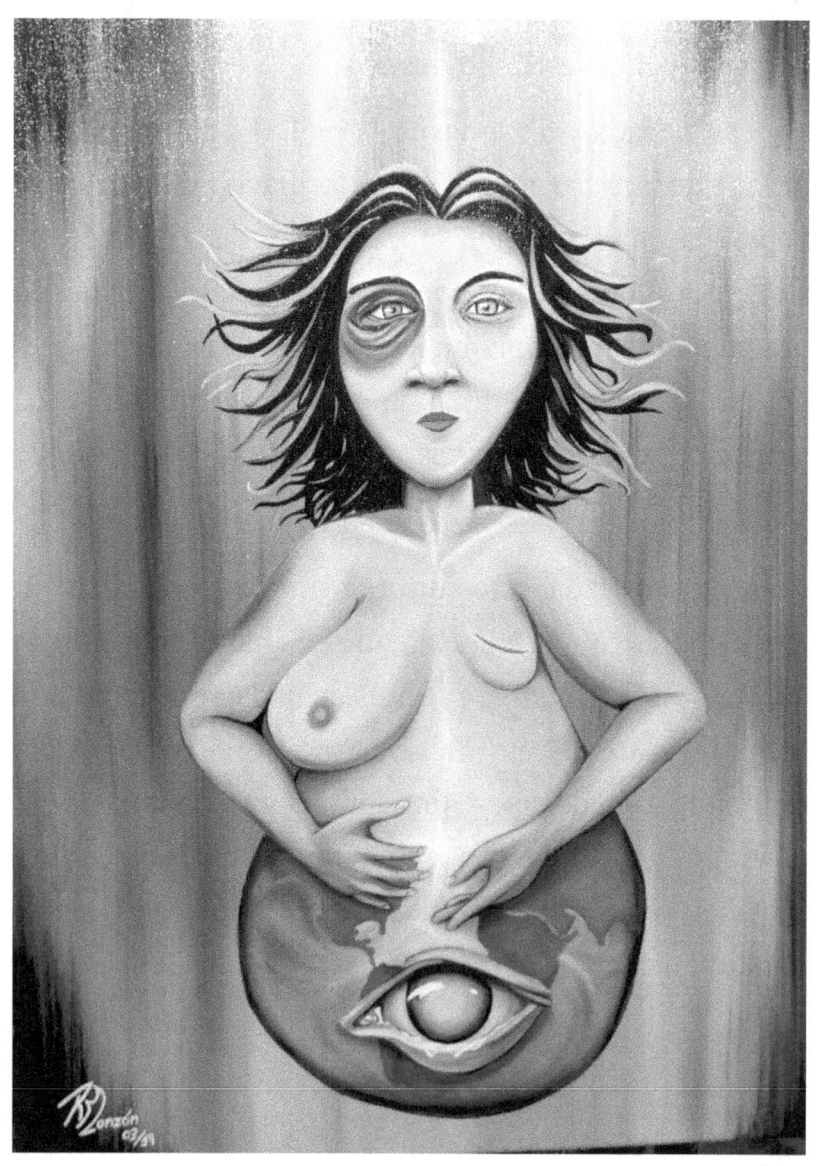

El baúl rojo

Las palabras y las poesías sí pueden cambiar el mundo. (Walt Whitman)

Una mañana de primavera donde las flores mostraban al ojo humano su esplendor y su variedad de colores, la adolescente de catorce años, con una libreta y lápiz en mano, incursionó en un mundo desconocido para ella. Un mundo etéreo la acompañaba en los sueños, en el salón de clase, y donde quiera que iba. Decidió liberar esas emociones que afloraban en sus recuerdos rítmicos y sonoros que solo ella entendía.

Abrió la puerta para recibir la mañana. Un cielo lleno de copos de pequeñas nubes que, como pedazos de algodón suspendidas en la atmósfera, se exhibían ante sus ojos. Le dio los buenos días. El cielo diáfano y azul celeste le prestaba su espacio al sol para que erguido y brillante, fuera anunciando el comienzo de un nuevo amanecer. Unas pequeñas montañas se entrelazaban sirviendo de protección al patio donde vivía. Se sentó en su mecedora preferida.

Miraba con los ojos del alma todo lo que le rodeaba. Sin darse cuenta iba nombrando las cosas con palabras que rimaban, con frases poéticas que expresaban sus emociones y sensaciones de lo que veía. Abrió su libreta, miró la mañana y escribió: —*Una estrella brillante, fugaz, alumbra mi vida al pasar.* Emocionada y con gozo en su corazón, desde ese día se dio a la tarea de escribir versos, que solo ella escondía en un rincón de su alma, en un pequeño baúl rojo que guardaba en el armario de su aposento, que con el pasar de los años se ¡había puesto viejo!

El baúl tenía una tapa sostenida por dos bisagras pequeñas, y forrado con un papel decorativo rojo. Su cerradura oxidada se mantenía casi abierta. Su cubierta lucía maltratada, despintada y en la tapa un letrero que leía: "Prohibido abrir". Guardaba secretos, desde el día en que la niña decidió escribir poesías. El interior estaba saturado de papeles escritos con colores de tinta negra, azul y rojo. Libretas pequeñas esparcidas se veían en una esquina.

A través del pequeño hueco en su cerradura entraba la luz cuando la puerta del ropero se abría. Era el momento en que las letras salían de sus papeles y se colocaban en fila india, para husmear y ver quién había entrado a la habitación. Llevaban años escondidas en una oscuridad perenne, cargando el peso de los pensamientos en sus escritos que solo la mujer comprendía.

Gritaban todas a la vez deseando salir al exterior para ser leídas. Con el tiempo se habían hecho rivales de tanto estar apiñadas una encima de la otra. En las noches largas y frías, la espera se hacía tediosa, arropadas por el silencio como una comunidad sorda que interpreta todo por lo visual. En la intensa penumbra de su hogar, unas dormían, otras desveladas buscaban a cuál de los muchos poemas pertenecían. Avergonzadas bajaban la cabeza con la esperanza de que la pequeña luz se acordara de alumbrarlas.

En su escondite unas a otras se leían, muchas veces se burlaban entre sí, pero orgullosas de sus versos. Entre una de sus poesías: *Música de violín,* escribió los siguientes versos:

"El sonido de un violín me trae envuelta en sus cuerdas… La música del violín para mí se parece al llanto".

La niña, convertida en mujer, decidió abrir el baúl de sus recuerdos, su amigo fiel que conocía todos sus secretos. Sus escritos ocupaban dos lugares especiales, uno en la esquina del armario de su habitación y el otro, donde ella se conectaba con ellos, su corazón. Hoy lo miraba con nostalgia. Deseaba abrirlo y leerlos.

Un día se dio cuenta que podía escribir poesía. Recordó haber buscado un papel y en él escribir su primer poema. Luego con orgullo lo ocultó en su baúl rojo. Sentándose en su sillón cerró los ojos. Escondidos con mucho cuidado, dentro de esa pequeña caja, se encontraban sus pensamientos convertidos en poesías. El amor expresado en versos, el despecho, la alegría, la familia y la patria, eran algunos de los temas de sus poemas.

Ella trenzaba pensamientos mientras sus ojos cerrados parpadeaban. Su quehacer poético la había llevado a desarrollar una sensibilidad sublime a flor de piel. Amaba la naturaleza. Pensaba que la flora y la fauna despertaban cada mañana, regalando milagros intangibles, a una humanidad insensible ante las maravillas de la naturaleza.

Se levantó con ánimos a entrar en su mundo escrito oculto para todos. Removió la cerradura oxidada, adentro las palabras corrieron empujadas por la sorpresa. Hoy saldrían a la luz, hoy serían leídas, hoy regalarían su belleza rítmica, sus versos floreados, sus frases poéticas. La poeta fue sacando papeles del baúl colocándolos por fecha. Iba escudriñando meticulosamente cada página amarillenta y las libretas llenas de herrumbre. Decidida iba pensando que pronto presentaría sus versos al mundo sin timidez.

Sin prisa fue leyendo algunos de los poemas y en silencio pronunció las palabras escondidas por tanto tiempo. Sus hermosos recuerdos activaban sus pensamientos dándole vida a cada una de las letras. ¡Ellas le sonreían! Eran expertas en esperar la sonoridad de la voz de su escritora, que al leerlas se convertían en bálsamo de amor para a sus oídos.

La poeta decidida a enfrentar las dificultades con alegría y aplomo compartiría sus versos aceptando que hay poetas en todas partes, pero ella deseaba ser una lectora de sus propias poesías

La mujer cerró la tapa, lo cargó y lo situó en una esquina del armario. El baúl rojo, satisfecho por ser el amigo y el confidente de la poetisa, sonreía en la oscuridad. Se sentía orgulloso de ser el guardián de sus poemas por tantos años y el centinela de su producción literaria. Ahora en su soledad, los recuerdos de las letras convertidos en poemas, y que fueron sus compañeras por tantos años e hicieron de él su hogar, lo hacen revivir los momentos que compartió junto a ellas.

El baúl en el silencio de su soledad recitó algunos versos de su poema favorito:

El cerrojo

Que ahora te estoy hiriendo/que ya no beso tus ojos/ que tus caricias no siento/a mi amor puse un cerrojo.

Tan sólo son precauciones/que mi corazón se ha impuesto/ya no quiere más tormentos/ni decepciones, ni enojos.

No quiero que tu tenue amor/me tome como un capricho/
aunque siento que te amo/no tomaré ese camino.

(Nvalentin)

El baúl, vacío sin las letras que él había acunado por mucho tiempo, decidió cerrar sus ojos y dormir.

Perezoso

Mil árboles que crecen hacen menos ruido que un árbol que se derrumba. (Proverbio japonés)

La selva del Amazonas es el hogar de miles de árboles. Un bosque húmedo es el hábitat de múltiples especies que viven en sus hojas y otras, duermen en la falda de esta hermosa arboleda. En ese precioso bosque, vive una gran variedad de aves y plantas que se proliferaban sin la ayuda de la mano del hombre. Moran peces de agua dulce y salada. También existen anfibios y reptiles, y una gran cantidad de mamíferos. Ahí se conforman una de las maravillas del mundo.

En uno de los árboles muy cerca del río, vivía Perezoso, un mamífero terrestre de hábitos arborícolas, diurnos-vespertinos y solitarios, al cual le gustaba nadar. Le encantaba zambullirse en el agua y jugar con los peces. Se deleitaba cruzando el río y por el suelo del bosque, tanto de día como de noche. Hacía este ejercicio en el suelo más o menos cinco horas al día para ejercitarse.

La Amazonia es el bosque tropical amado de Perezoso, es una especie endémica de su hábitat y cocedor de su entorno. Desde la altura observaba con deleite el encuentro de la confluencia de los ríos

Amazonas y Orinoco, que juntos como buenos amigos, se unen para desembocar en el océano Atlántico.

Él observaba su ambiente desde la cúpula de un árbol, donde dormía veinte horas al día, colgado de las ramas de un hermoso árbol con su espalda mirando hacia el suelo. Sólo bajaba de su árbol, una vez por semana, para defecar y bañarse. Poseía un carácter simpático y afable, y tenía una gran fuerza en sus dos patas delanteras.

En aquellos dias podía sentir como el agua de la lluvia que lanzaban los árboles, ¡lo mojaban! Un fenómeno que ocurría por la cantidad de árboles, que juntos con el tiempo, crecían formando un gran manto verde en toda la Amazonia. Daba la impresión de ríos corriendo arriba en el cielo. Le regalaban, en esa danza invisible, llena de una música sonora, la bebida que él necesitaba para satisfacer su sed, mientras contemplaba el paisaje que lo rodeaba. Los árboles se convertían en manantiales de agua al acumular en sus hojas gran cantidad de humedad.

Relajado, soñoliento, lo sorprendió el roce del iracundo viento del otoño, que mecía sin piedad su cuerpo. En esa época del año, las hojas, como páginas viejas de un libro, sufren una metamorfosis donde se transforman del amarillo al marrón. Los rayos de la luz solar penetraban por un espacio estrecho, anunciándole que el día comenzaba. Le gustaba escuchar el cantar de las bandadas de aves que levantaban vuelo, al sentir que el crepúsculo matutino comenzaba su ascenso en el horizonte. En ocasiones, una bandada de mariposas, se acercaban a su cuerpo, besándolo con un suave roce.

Las mañanas despertaban en silencio, sin embargo, últimamente, el ruido lo aterraba. Un techo forrado de verde sobre su cabeza lo hacía olvidar el miedo. Durante todo el día preocupado, buscaba la causa del temible ruido, que era heraldo del peligro, y ensordecía a todos los habitantes de la selva. Aunque con dificultad, aquel día era uno de esos en que decidió moverse atraído por el ruido, del agua que lo invitaba a zambullirse. Perezoso un poco ansioso y preocupado, comenzó a descender de su árbol para deambular por sus lugares favoritos. Aprovechaba que el sol iba iluminando poco a poco su entorno. A lo lejos oía el cantar del agua de la hermosa cascada que besaba cada roca al caer.

Se movió como pudo. El bailar de la rama que le servía de cama, no le permitía comenzar su lento descenso al suelo. Empapado por la lluvia caprichosa, la tarea se le hacía más difícil por el peso adicional que añadió a su cuerpo. Con la lentitud que lo caracterizaba iba brincando de rama en rama, absorbiendo el agua de algunas hojas, comiendo una que otra, hasta que por fin puso sus patas en la tierra. Su cabeza redonda, su nariz achatada y sus orejas imperceptibles lo hacían verse diferente a las demás especies de la selva amazónica.

Daba la impresión que no tenía prisa por su lentitud al moverse, a pesar de sus largas extremidades. Se trasladaba con mucha serenidad por su vereda preferida. Asustado y nervioso observaba de derecha a izquierda, ya que prefería la protección que le daba la altura de los árboles. De pronto, sintió un dolor agudo en uno de los dedos de su pata derecha. Se enderezó poco a poco, arrancando una espina que le molestaba. Cada una de sus extremidades tenía tres dedos unidos que eran sus potentes garras en caso de que le tocara defenderse. Su corta cola y su piel gruesa estaba cubierta de largos pelos que iban tornándose de gris al café. También se distinguía un color verde en su pelaje por las algas que crecían en él.

Las hojas multicolores, casi muertas, que se caían de los árboles, formaban veredas que le permitían a Perezoso moverse y arrastrarse en una alfombra crujiente, provocada por el siseo de hojas secas acumuladas en la tierra.

El ruido que en los últimos días escuchaba, se dejó sentir en toda la selva. Se estremeció sin poder identificarlo. Desconocía su procedencia. Bandadas de pájaros asustados volaban haciendo ruido con sus alas. Entonaban la canción del temor, un reclamo colectivo que Perezoso conocía desde hacía tiempo. Se desplazaba, ahora, con más precaución. Era completamente desapercibido para sus ocasionales depredadores.

Necesitaba un buen baño. Animado por llegar a la bella cascada, entonaba una melodía que aprendió con el silbido del viento. Se trasladaba con dificultad debido a su poca grasa muscular. Él tendría que esforzarse mucho para llegar a su lugar preferido. Escuchaba el rumor de la catarata. Un ¡hermoso salto de agua en lo alto de la montaña, que lo invitaba a nadar! El río estaba enmarcado dentro de una flora exuberante: una diversidad de orquídeas, bromelias, árboles y arbustos silvestres, hacían del lugar un paraíso de ensueño.

Comenzó a moverse, aplastando su panza lentamente por un camino que le servía de senda. La pata izquierda superior la tiraba primero, luego la derecha y así sucesivamente. Levantó la cabeza, miró a la distancia y pensó:

-—»Me falta mucho, pero el sacrificio vale la pena«.

Se iba acercando a la orilla de la cascada superior. Ahora, el ruido se escuchaba más agudo, le pareció que venía de detrás de la montaña. Con pavor fue entrando en el agua, que tanto disfrutaba, para olvidarse del ruido. Se sintió angustiado, detectó un peligro real. Su instinto animal lo presentía. Nadaba placenteramente. Las algas que crecían en su pelaje se desprendían mientras Perezoso flotaba. Comenzó a tararear la música del viento. Las sílabas de la melodía las repetía con angustia y las murmuraba, asegurándose que nadie lo pudiese escuchar.

El hombre trataba de descifrar el plano topográfico que tenía en sus manos. Las líneas y los puntos dibujados le indicaban dónde estaban los mejores árboles del centro de la Amazonia. En los últimos cinco años, se había convertido en un traficante de madera ilegal. Dirigía una cuadrilla de hombres que lo ayudaban a identificar y destruir los árboles más longevos del área. Un grupo de taladores, sin conciencia, dañaban el hábitat de la flora y la fauna, que por cientos de años se propagaba y crecía, movida por una magia invisible a los ojos del hombre.

Usaban los caminos, que los animales con sus pisadas con el tiempo habían sellado, para sacar en enormes camiones los troncos de los árboles cortados. A su paso destruían veredas, que servían de atajo a Perezoso y a otros animales, para llegar a su destino. La destrucción del bosque se había convertido en un gran negocio para los hombres que vivían cerca de la Amazonia en Brasil, Colombia, Perú y Venezuela.

Molesto, con su frente arrugada, llamó al hombre que vestía con ropa caqui y sombrero de paja: —Luis, ven acá, ahora. El hombre se levantó con prisa y se acercó a su patrono.

—Dígame, murmuró entre dientes.

—Señálame en este maldito mapa, ¿cuáles son los árboles que debemos cortar mañana?

Luis, un indígena de la Amazonia y joven muy ambicioso, había aprendido a comunicarse con los traficantes. Carecía de escrúpulos y conocía las especies de árboles en el área, por las lecciones que le habían enseñado su abuelo y su bisabuelo. El indígena conocía cuál era el árbol que brindaba la mejor madera, la suma exacta de dinero que podían dar por ellos, y la geografía de cada centímetro de la selva. Con su dedo índice señaló en el mapa los árboles que deberían cortar.

Sabía que tenían que moverse lentamente. Los caminos montañosos eran unos muy accidentados y un tráfico muy reducido atrasaría el día de la entrega al gran comprador. Irían en fila india abrazando la montaña alrededor de la cascada hasta bajar al centro del bosque. Desganado, le mostró al jefe el lugar específico de la tala de árboles. El aire acompañado de un frío gélido los rozaba. Se apoderaron de sus abrigos, cubriéndose lo mejor que pudieron.

El sol anunciaba su descenso dando paso a un crepúsculo atontado por la lluvia que, como rocío frío iba mojando a su paso a los hombres, los camiones, al terreno, llegando hasta Perezoso. El reloj del tiempo apagó el paso del sol, quedando una penumbra invisible entre la poca luz y el velo de la noche.

Perezoso sintió el ruido ensordecedor que hacían los camiones al desplazarse. Decidió regresar a su guarida. Trataba de divisar en la penumbra los golpes de agua, que convertían aquel lugar en un edén. Con placer, visualizaba las flores silvestres de increíble belleza, las enredaderas cubiertas de flores, y las que flotaban en el agua del río. La hermosa floresta que tatuaba en sus pensamientos no dejaba que Perezoso se alejara.

Salió del agua sacudiéndose con dificultada y con la parsimonia que lo distinguía.

Lentamente angustiado, sin prisa, comenzó un gateo infantil; se empujaba, se detenía, miraba y agudizaba su oído a cualquier ruido. Con dolor en su pecho, comenzaba a arrastrarse por la vereda que lo llevaría a su árbol preferido. El sol se alejaba, la tarde moría en el horizonte, y el manto de la noche comenzaba a dejarse caer en cada lugar de la Amazonia, convirtiendo su entorno en un túnel sombrío. La noche era un oscuro mundo que cubría miles de millas a su alrededor.

El estruendoso ruido lo levantó temprano. Los mecanismos auditivos de su oído interno se apagaron por un lapso de tiempo. Lo que escuchó vino acompañado de unas vibraciones que lo enloquecieron. Experimentó un sentimiento de inseguridad que no lo dejaba moverse. Al unísono, las aves emitían un canto típico para repeler la presencia de sus rivales. Era tan ensordecedor que incrementaba simultáneamente el ruido causado por las bandadas de aves que se precipitaban al huir del área.

Perezoso agudizó su oído para detectar mejor el ruido que se acercaba. Ya no escuchaba el placentero trinar de las aves, ni su canto mañanero. Ese día había un ruido estruendoso, que las hacía volar apresuradas, auguraban que algo grave se avecinaba en su bosque.

Poco a poco fue subiendo hasta la rama más alta. Sus ojos se achicaron al sentir el sol lanzarse sobre él y a todo su alrededor. La luz producía una ampolleta de agua en la humedad de las hojas y en el techo de los árboles, creando pequeños arco iris en los árboles más altos. Ahora el ruido se escuchaba más cerca.

Se asomó por un pequeño espacio que encontró en la rama que lo sostenía. Pudo ver como un grupo de hombres iban marcando algunos árboles, para que otros con sierras en manos comenzaran a degollarlos. Su corazón le latía aceleradamente. Las lágrimas cuajadas en sus ojos tímidamente fueron resbalándose por su cara.

Su madriguera acababa de ser marcada por un hombre pequeñito que hacía gestos a los demás con sus manos. Escondido, miraba la desforestación de lo que por mucho tiempo fue su hogar. Un rápido celaje se vio entre las tristes ramas desprendidas, era Perezoso moviéndose sigilosamente para no atraer la atención de los hombres. Su panza se llenaba de hojas al arrastrarse entre ellas. ¡Temeroso, huía al río!

Los hombres se movían con cuidado, colocaban los camiones cerca del árbol que iban a cortar. El que maneja la motosierra se aproximó al árbol con la máquina, dejando caer el cabezal para así abrazar el árbol con sus garras, y en ese momento se accionaría la espada que con un giro sobre su extremo cortaría el árbol. Los hombres iban colocando los árboles ya picados en sus camiones.

Alarmado, desolado, lloroso, con un sentimiento de impotencia, de injusticia, moviendo los ojos una y otra vez, escuchaba ¡crac!, ¡crac!, ¡crac! Cortaban sin piedad los árboles, pero él entendía que no todo estaba perdido cuando escuchó al hombre lleno de avaricia:

—Vamos, ¡rápido!

Poco a poco fueron alejándose. La Amazonia se llenaba de luz ante la ausencia de los árboles que ahora, acostados en grandes vagones, mostraban sus cuerpos desnudos al mundo que antes los vio vestidos de verde.

Perezoso, optimista y más calmado, comprendió que a medida que destruían su amado bosque, el ciclo vital de la madre naturaleza se activaría, regalando agua y sol a las raíces que no pudieron arrancar. La esperanza iba llenándolo de energía. Con el tiempo, volverían a crecer fuertes, altos y hermosos. Cuando esto ocurriese, sería el momento de él regresar. Su Amazonia querida, en medio de la desforestación, continuaba hermosa. Los pájaros volaban tranquilos.

Perezoso, con una actitud ahora relajada, entró al agua del río. Su lánguido estilo de vida le permitiría adaptarse al otro lado de la Amazonia. Alejándose y entusiasmado va entonando la canción del viento. Una sonrisa se dibuja en sus labios llenando su alma de alegría. Ahora, se voltea elevando su mirada al cielo, flotando y disfrutando del agua tibia del río.

Silencio del alma

Nada fortifica tanto el alma como el silencio, una oración íntima en que ofrecemos a Dios nuestras tristezas. (Jacinto Benavente)

Caminaba por la playa, su lugar favorito. La tarde despedía al sol con tristeza. Su ambiente se tornó gris y con lentitud la gente se alejaba, empacando sus pertenencias, dejándola sola. No tenía prisa por marcharse. Su mirada se concentró en el horizonte. El sol rojo, que brillaba ahora en el cenit, se dejaba caer al precipicio, haciendo que sus ojos parpadearan para verlo mejor. Descalza, sentía la arenilla en sus pies desnudos, dejando que las olas los acariciaran.

Vestía un pantalón corto blanco, una blusa sin mangas del mismo color, su cabeza cubierta con un sombrero ancho, y en su mano derecha una botella de agua. Debajo de su brazo un libro que nunca abrió. No había comido nada en todo el día, sólo sorbos de agua para engañar su estómago. El rictus de su seca boca reflejaba su estado de ánimo. Al pasar su lengua por sus labios secos, saboreó la sal que se pegaba a su boca, cuando el viento tocaba su piel cargada de arena bañada en salitre. Su piel blanca se pintó con los pinceles del sol. Había olvidado su bloqueador solar y se expuso a su castigo por varias horas.

Sus pensamientos se movían como olas del mar. Olas que había contemplado miles de veces. Ese baile incansable que la relajaba ante cualquier tempestad. Hoy todo era diferente. Recordó los momentos en que, sentada en su posición de yoga, meditaba escuchando el silbido del viento. Las paredes de su corazón se desplomaron de dolor. Sus ojos se hincharon de tanto llorar. Junto a la soledad, su compañera fiel, su alma gritaba en silencio. En las noches que no podía dormir, su llanto la abrumaba al preocuparse en exceso. ¡La desolación la envolvía como espectro mortal!

Miró su reloj de pulsera, ¡tic tac!, ¡tic tac! que marcaba las 6:30 p.m. En vano buscó la luz del sol. Se había alejado sin ella darse cuenta. Por unos breves segundos el pánico invadió su mente. Sintió los fuertes latidos de su corazón, la opresión en el pecho y el entumecimiento de los brazos, temiendo morir. Un grito aterrador se escuchó en la bóveda celeste, retumbando el espacio entre el mar y el cielo. Bajo el llanto del cielo, se echó a correr sin importarle cómo lastimaba sus pies desnudos. La mujer lloraba sin consuelo. Sus lágrimas bañaban su faz al correr desafiando el soplo del viento.

—¡Oh, dolor!, —pensaba una y otra vez.

Corría…, se detenía y lloraba. Se detuvo exhausta. Respiró profundo. Le dolía todo su cuerpo. Se concentró en su respiración, deseaba relajarse y ponerle fin a su desdicha. Elevó lentamente su consciencia, para así entender que su respiración era el vehículo, para encontrar su paz interior, y la estabilidad emocional que la ayudaría a entender: ¿qué había pasado?

Decidió sentarse en la arena mojada. Asustada miraba a su alrededor. Apretó los ojos, hinchados de tanto llorar. Se dejó llevar por el baile rítmico de las olas al jugar con la arena. Estaba atascada en el mismo pensamiento, una y otra vez, sin saber cómo apartarlo. Comenzó mentalmente a recrear la película de su vida de casada con el hombre que amaba. Hacía apenas cinco años habían celebrado sus bodas de oro con una gran fiesta. Recordaba su viaje a Europa tres años atrás y la alegría que experimentaron cuando saldaron la hipoteca de la casa.

Su vida sexual había disminuído, pero aún tenían una que otras noches de amor. Visitaban la iglesia los domingos y se reunían con sus hijos una vez por mes. Ella sacaba tiempo para ir a sus clases de yoga, almorzar con sus amigas, leer y tejer. Él iba al club del gimnasio todos los días donde se reunía con sus amigos a jugar cartas y dominó. Por las noches leía el periódico y contestaba sus mensajes de correo electrónico. A sus setenta y seis años lucía joven, buena estatura, de cabello blanco y siempre elegantemente vestido.

En el horizonte la luna la alumbraba asomando su cara redonda, única fuente de luz en la oscuridad. Daba la impresión de que la diosa blanca, impertérrita, se paseaba dando vueltas alrededor de la mujer. Se ocultaba en las nubes y de momento, la sorprendía asomando su coqueta faz para alumbrarla mejor. La mujer elevó sus ojos para mirarla fijamente.

El trauma de la traición la convirtió en víctima. No podía funcionar adecuadamente pensando como el amor de su vida le había hecho tanto daño. Depositó sus esperanzas, sus sueños y anhelos en ese hombre que fue su amigo, compañero, amante, padre de sus hijos, por los últimos cincuenta años quedaban atrás. Los únicos sentimientos marcados, ahora en su alma, eran la ansiedad y el miedo. A sus setenta años le esperaba un nuevo comienzo. Los engaños de su querido esposo, sus mentiras y traiciones, se habían vuelto invisibles ante sus ojos.

Pensar en la pérdida de un ser maravilloso no cabía en su cabeza. Su alma gemela, de quien creía haber estado enamorada, moría para siempre. Ahora estaba de duelo. Ese amor manipulado por él, esa ceguera que por tantos años no la dejó ver la realidad, ya no existía en su universo.

Imploró a la soledad con el silencio de su alma, para preguntarle qué había hecho para merecer ese desgaste psicológico y emocional. Se sentía atrapada en su llanto, en la tristeza y en la desesperanza. Angustiada se levantó, buscó su libro, la botella de agua y su sombrero que lo había perdido mientras corría. Ante ella, un mar silencioso y sereno, la invitaba, como hombre, a dejarse poseer.

La luna había hecho una vereda de luz desde la orilla hasta el horizonte del mar. Su alma había sido quebrantada. Se sintió perdida, confusa y suicida. Una violación emocional y espiritual era eco de sus sentimientos. Fue la víctima de un manipulador, un perverso que, sin ella darse cuenta, se aprovechó de su buena fe, su generosidad, su bondad, y de su amor.

Un toque suave de la brisa nocturna la hizo estremecerse. La luna, sentada en el medio del mar, y las olas embravecidas con un oleaje que azotaba la orilla, trataban de arrastrarla a los brazos de él. La divinidad acuática había escuchado su lamento. El soberano océano amenazador y ambivalente, la invitaba a reposar acostada y ser abrigada por él.

Alguien en el horizonte la llamaba por su nombre. Atenta al mar y en la oscuridad de la noche, buscaba la voz que con desesperación trataba de llegar a ella. Sintió que la arrastraban mar adentro. Su futuro compañero se ocuparía de su dolor, de hacerla olvidar, de ayudarla a descansar. La voz que la llamaba por su nombre se escuchaba más cerca. El mar la acunó en sus brazos y la mujer se perdió en las profundidades de su nuevo hogar.

El susurro de la esperanza

Durante los momentos más oscuros es cuando debemos concentrarnos en ver la luz. (Aristóteles Onassis)

Eran las siete y media de la mañana, la temperatura era la típica de los últimos días del otoño. Desde el lago soplaba un viento frío. La mañana se había levantado con su abrigo. Nos dirigimos al auto envueltos en indumentaria calientita y con los dedos entrelazados pegados al pecho. El tráfico corría lento y mi esposo manejaba a la velocidad límite. A través de la ventana iba contemplando el cielo. El sol quería jugar conmigo, escondiéndose detrás de pequeñas nubes blancas que formaban diferentes figuras. Yo lo miraba y me sonreía.

La cita estaba programada para las ocho y quince de la mañana. En el camino, acompañada de mi hermana mayor, además de mi esposo, nadie hablaba. El silencio nos envolvía. Todo sucedió muy rápido. La llamada del doctor indicándome la importancia de la cita, la pequeña cirugía, y las explicaciones del tratamiento y sus secuelas. Lloraba en silencio, el miedo se apoderaba de mi estado emocional, ¡deseaba gritar! Nadie comprendía mi sentir.

En las mañanas me miraba ante el espejo mutilada por la cirugía. Dos grandes cicatrices ocupaban el espacio de lo que en otro tiempo fueron mis mamas. Sentía que algo me faltaba, ya no podría volver a tocarlas, no podría contemplar sus aureolas rosadas ni su blancura. Ellas habían sido, el atributo de mi femineidad y como tal, parte de la identidad de ser mujer y mi zona sensible al hacer el amor. Ahora, era un pecho plano, y la piel debajo de las axilas estaba inflamada, por la obstrucción linfática conocida como *linfedema*. Mi esternón sobresalía marcando un puente entre los dos espacios. El lado derecho se veía más hundido que el izquierdo.

Llegamos al edificio cubierto por ladrillos marrones. A la entrada una recepcionista que daba la bienvenida en el idioma de Shakespeare, nos indicó que nuestro destino quedaba en el sexto piso. Nos encerramos en esa caja de metal que nos transportaría al piso indicado. Nos manteníamos en silencio.

Entramos a la oficina, ya había allí más de diez personas. Me registré y me senté a esperar mi turno. Mi pierna derecha se movía involuntariamente sin poderla controlar. Con los lentes de mi corazón, miraba a cada ser humano allí presente. Ante mí tenía la liga de las naciones: americanos, negros, europeos, filipinos, hispanos; unos leían, otros dormitaban y algunos jugaban con su celular. Levantábamos la cabeza al unísono para escudriñar la próxima víctima del cáncer que se registraba.

Me identifiqué sin darme cuenta con una joven hispana. Entablamos una conversación trivial, ya que no nos atrevíamos a preguntarnos la razón de nuestra visita. Su piel era transparente con un color grisáceo que señalaba su cercanía a la muerte. Exhibía su cabeza sin pelo. Se veía cansada, unas ojeras negras se arremolinaban en la cuenca de sus ojos. Su sonrisa era más bien una mueca: llena de tristeza y desgano.

Me atreví a preguntarle si estaba acompañada. Me contestó que no. Seguí indagando acerca de su condición de salud, pero ella aparentemente olvidándose del cáncer me respondió:

—Tengo dos trabajos… ¡ah, agotada!, una niña de seis años y un padre enfermo que cuidar.

Me quedé sin aire, sorprendida, sentí una tristeza profunda por ella. Di gracias a Dios, lo mío era una pequeñez al compararlo con el estado de su cáncer y el dolor que ella sufría por su niña.

— ¿Cómo podía lamentarme tanto? ¿Era yo la única con la maldita enfermedad? ¿Cuándo fue la última vez que hice una lista contando mis bendiciones? En ese momento, no encontré respuestas a mis preguntas.

El tiempo pasaba lentamente, y mi espera se prolongaba. En la sala, contemplaba en silencio los peces dentro de un pequeño acuario, moviéndose de un lado a otro, sin preocupaciones, sin dolores, sin consciencia mientras alguien los alimentaba. Mi vista seguía el ritmo de cada uno.

Llamaron mi nombre en alta voz. Me levanté con tranquilidad. Mi hermana se levantó conmigo y me dio su mano. Caminamos en silencio. Iba temerosa pensando en los efectos secundarios del tratamiento. Hoy sería una experiencia nueva, la que marcaría mi futuro, la que me daría la oportunidad de vencer a quien me atacaba. La que me haría más fuerte, la que me enseñaría el camino a través de la esperanza, la fe, el amor al prójimo, y a Dios. La enfermera se acercó, se identificó y me explicó los detalles de la quimioterapia. Nuevamente lloré. Mi hermana se acercó, me tomó de las manos y nos unimos en una profunda meditación.

—Todo va a estar bien. ¡Estás viva! —Me consoló mi hermana. —¡Estoy viva!,—repetí yo

El otoño

Si no plantamos el árbol de la sabiduría cuando jóvenes, no podrá prestarnos su sombra en la vejez. (Conde de Chesterfield)

El otoño, mi estación preferida, llegó sin avisar. Ámbar, corría revolcando las hojas del suelo. Unas veces se las echaba a la boca para que yo corriera detrás de ella gritándole:

—¡No!, deja eso.

Hojas esparcidas por el viento, pintadas de colores amarillos y amarronadas, volaban al suelo desvistiendo las ramas poco a poco. Ámbar se detuvo, levantó sus orejas, acababa de escuchar un ruido. Meneando su cabeza para ambos lados descubrió una ardilla que la miraba de lejos. Se levantó lentamente correteando detrás de ella para atraparla. Agotada se tiró sobre las hojas. Parecía una bolita de pelos y se confundía con los colores de las hojas que formaban un abanico multicolor de estampados de tierra.

El viento las colocaba a su antojo dejando los tonos amarillentos y anaranjados encima de las hojas ya maltratadas. Sin prisa y con cuidado las demás esperaban su turno colgando de las ramas para secarse, o morir y luego dejarse caer. Me senté junto a ella encima de una montaña de hojas. Le hablé suavemente:

—Tal como ellas, un día llegarás a la vejez. En el ocaso de tu vida perderás las fuerzas y no podrás correr como hoy. Querrás saltar, pero la carga de los años no te lo permitirá. Tu caminar se hará lento y perderás el olfato. Tus días pasarán en una esquina en algún cuarto de la casa. Muchos te mirarán, pasarán por tu lado y te saludarán indiferente. —Hola!, perrita.

—Tus ladridos se debilitarán y nadie escuchará lo que les quieres decir.

— El otoño y la vejez son dos viejos solitarios, seguí balbuceando. — El primero se renueva en cada estación. La tercera edad nos deja con sueños incumplidos, con enfermedades y... la soledad. Sin embargo, la sabiduría adquirida con los años es infinita. Siempre habrá alguien que desee escuchar con el corazón nuestras historias de vida y sobre la vida. Tendremos instantes de felicidad.

Se puso de pie, me miró...invitándome a caminar.

La tercera visita

No sabemos lo fuerte que somos hasta que ser fuerte es la única opción que tenemos. (Anónimo)

Al recibir la noticia de mi tercer diagnóstico decidí visitar el mar. Al llegar me alejé del bullicio de la gente que disfrutaba de la playa. Me senté a escuchar el canto de la espuma al bailar entre las olas. Observé como las olas del mar se mecían una y otra vez, como una hamaca sostenida por hilos invisibles. Lentamente se acercaron a mis pies dejando humedad con olor a sal. Yo me dejé besar por ellas y vi como regresaban al mar. En su ir y venir arrastraron la arena llevándose los desechos para dejar las partículas más bellas. ¡Potente y ruidoso el mar entona su danza de triunfo!

La vida como las olas, hay que disfrutarla y aprender a navegar en ellas. Las olas van y vienen, cargan consigo momentos tristes y alegres. Me subo al vaivén de las olas que, en su hamaca imaginaria, me ayudan a pensar y a disipar los pensamientos que alborotan toda mi alma. Unos días lloro, otros me desespero y en otros, me olvido de mi diagnóstico.

En ese vaivén de olas deseo conectarme con mi universo interior. Frente al mar, me imagino acostada en su mecedora, subiendo y bajando sin querer pensar. Mi mente se relaja, bailo mi danza de cara al sol. La arena caliente me arrulla los pies y me trae a la realidad. Mi coreografía de tristeza queda grabada en el aire y como una chiringa, se desvanece en el horizonte. La brisa acaricia mi cuerpo y el sol me regala su calor con un beso gigante. Me detengo como si quisiera interrumpir el tiempo. Regresar a los días donde la salud era mi compañera de viajes. Jugar a ser la mujer maravilla.

En nuestro hogar continuamos con nuestras rutinas. Después de catorce meses creyendo que estaba todo normal, aparece en mi pecho el cáncer sin ser invitado. La enfermedad que se fue en un barco sin rumbo, ahora había regresado a mi hermoso mar, y se había convertido en una pesadilla.

La salud es una riqueza que merecemos y todos hacemos lo posible por conservar. Al momento de bañarme me colocaba frente a él. En mi desesperación la buscaba ante el espejo. Quieta, me concentraba en mis ojos. En unos segundos solo veía un ojo. Quería abrir el Tercer Ojo, también llamado el Ojo de la Intuición, o sexto sentido. ¡Es invisible! Había leído que es el centro de la clarividencia y telepatía. Hablé con mi cuerpo, lo invité a sanarnos, y así eliminar mis preocupaciones. Le platicaba que juntos venceríamos al enemigo.

Al finalizar mi diálogo entré a la ducha. Aquí la dinámica era otra. Cerraba mis ojos, dejaba que el agua corriera por todo mi cuerpo. Oraba y les prometía a las células enfermas su restauración a través de mi actitud mental positiva. En silencio practicaba palabras que me invitaban a sanar mi cuerpo a través del Ho'oponopono:

—Lo siento, perdón, gracias, te amo.

Se supone que con la repetición de estas palabras mágicas comenzamos a amarnos y, en este proceso, mejoramos nuestro mundo. Lo repetía por horas, entre cada verso respiraba profundo, ¡Ha Ha! Finalizado mi rito, sacudía mi cabeza para que todo pensamiento que me causaba dolor se esfumara. Ante mí, un nuevo reto al cual me enfrento con más fuerza y aceptación.

Dentro de poco comenzaré mis tratamientos. La parte inicial consiste en treinta seis tratamientos de radioterapia. No hay escapatoria, solo horas interminables pensando que es la única forma de llegar al otro lado. Es decir, aceptando la enfermedad y pasando por la quimioterapia.

Ahora, dirijo mi conciencia hacia la fuente de mi ser para encontrar la respuesta a la pregunta que siempre me hago:

—¿Qué necesito aprender de esta experiencia? —cuya respuesta es la esperanza, mi fe en Dios, y el amor de mi familia, me ayudarán a vencer al intruso que llegó sin ser invitado. Aún continúo repitiendo las palabras mágicas que aprendí, un tiempo atrás, en la búsqueda de mi sanación:

— Lo siento, perdón, gracias, te amo.

La cita

El tiempo es lo más valioso que una persona puede desperdiciar. (Theophrastus)

Alicia agitada recordó la cita pautada para las 2:15 p.m. con su médico. Confundida y mortificada se dio cuenta que tenía una reunión de negocios a las 6:00 p.m. Verificó la hora en su reloj. Solo faltaban diez minutos para llegar a tiempo. Se vistió de prisa. Buscó su cartera, miró su imagen en el espejo, se alisó su cabellera y se dirigió al auto.

Llovía torrencialmente. Abrió la puerta de su auto, y con prisa, se sentó. Desesperada lo prendió y hundió el botón de los parabrisas. Con la mano izquierda en el guía y la derecha en el fondo de su cartera, buscó con prisa su celular para conectar el *bluetooth*. Iba manejando sobre el límite de velocidad establecido, pero con cuidado.

Activó el botón del radio para escuchar música. A veces la calmaba, aunque no era muy amante a ella. La ayudaba a concentrarse en la carretera, y a olvidarse de que estaba tarde. En la avenida, los semáforos cambiaban a rojo, lo cual la desesperaba, advirtiéndole que se calmara. Sintió que su desesperación aumentaba y con ella su presión arterial, debido al calor que fue sofocándola por su cuello.

Estacionó el automóvil a las 2:30 p.m. Molesta, con ella misma, por lo tarde que estaba para su cita, arrojó dentro de su cartera el libro que leía, la sombrilla, el celular y las llaves. Abrió la puerta y se bajó con rápidez. No vio la necesidad de usar su sombrilla porque el rocío de la tenue lluvia la tranquilizaba cuando mojaba su cabello.   Entró a la oficina. Saludó a la joven en la recepción y le dijo su nombre.

—Por favor, ¿podría verificar la hora de mi cita?

—Llegó muy temprano, su cita es para las 3:45 p.m. Siéntese y espere para que a las 2.45 p.m. ya pueda registrarse: — le informó la secretaria.

Sorprendida con su respuesta miró su reloj pulsera. ¡Eran las 2:33 p.m.! Se sentó inquieta. Sentía frío. Miró todo su entorno. La sala de espera era amplia con butacas cómodas agrupadas de espalda y en hileras. Esperaban su turno junto a alrededor de doce pacientes, donde el más joven tendría algunos dieciocho años, y el más viejo como unos ochenta. Una que otra planta artificial de color verde en algunas esquinas, combinaba con la alfombra y la tela de las sillas.

Un televisor con volumen alto que no le agradó a ella, estremecía sus oídos informando las noticias del día. La lluvia caía acompañada de una tormenta eléctrica con los sonoros ruidos del trueno. El efecto visual de un relámpago se notó a través de las cortinas que cubrían las paredes de cristal. La precipitación pluvial iba en crescendo.

Verificó la hora en su reloj, disgustada se dio cuenta que aún faltaban tres minutos para poder registrarse. Nerviosa sacó el libro de la cartera, buscó la página donde había detenido la lectura, y trató de leer sin poder concentrarse. Por segunda vez miró su reloj, marcaba las 2:44 p.m. Una sonrisa se dibujó en la comisura de sus labios. Gozosa se dijo:

—¡Falta un minuto!

La puerta de entrada se abrió. Una mujer de cabello rubio, entró apurada a registrarse. Al mirarla pensó:

—Está tarde.

La mujer caminó hasta la computadora para registrarse. Parsimoniosamente abrió su bolso, buscó su monedero y sacó su licencia. Ella la escaneó y se volteó para hacerle una pregunta a la recepcionista.

Desesperada la mujer miró la hora. Eran las 2:45 p.m., su turno para registrarse. Se levantó y se colocó detrás de la rubia. Hacía ruido con sus llaves para llamar su atención y dejarle saber que había llegado antes que ella. La paciente ignorándola se volteó para hacerle otra pregunta a la recepcionista. Exasperada y nerviosa comenzó a moverse de izquierda a derecha tratando de leer lo que la mujer había escrito en la pantalla. Dándose cuenta la recepcionista le dice: — Señora, hay otra computadora detrás de usted, puede usarla.

Avergonzada miró su reloj, eran las 2:50 p.m. Se colocó frente a la pantalla de la computadora, fue leyendo las instrucciones. Buscó su licencia de conducir en la cartera, trató de colocarla para escanearla, pero se le cayó al suelo. La levantó, logró registrarse, la removió y la guardó en su cartera. Regresó a su asiento. Sabía que dentro de poco llamarían su nombre. Solo pensaba en su reunión de las 6:00 p.m. Deseaba llegar a tiempo. Abrió su libro, pero antes, decide observar a todos los pacientes que esperaban. Cada uno de ellos con un celular en la mano. Unos enviaban textos, otros en «Facebook». Concentrados en sus mensajes nadie hablaba. Ensimismados, en silencio, y tranquilos, continuaban en lo que hacían. Ella pensó:

—La única con un libro en la mano, la que se ve nerviosa ¡Soy yo! La única que llegó temprano, ¡fui, yo! La que tenía prisa ¡era yo!

Respiró profundamente tratando de controlarse. Decidió leer. El silencio fue interrumpido por una anciana que entró empapada en agua directa a registrase. La miró y sintió lástima por la nueva paciente. Pensó que a su edad podría enfermarse. La pobre señora miraba a todos lados indecisa, buscando ayuda para llevar a cabo el proceso. Nadie la miró, a nadie le interesó. Alicia desde su silla le preguntó:

—¿Necesita ayuda? La anciana volteó su cabeza hacía ella, ésta le sonrió encogiendo los hombros en señal de derrota. Sorprendida le dijo:

—No bajé la cartera, la dejé en el auto, no puedo salir porque no me quiero mojar. ¡Mi hija está estacionándolo!

—Entiendo. —La mujer se levantó, se le acercó y bajito le comentó:

—Tiene su cartera colgada del brazo. — La anciana rio a carcajadas y le respondió —: La lluvia me mojó el cerebro. Alicia exclamó:

—¡WOW! —Se acordó de que no había mirado su reloj. Marcaba las 3:55 p.m.

De repente el crujir de la puerta hace que todos se volteen.

—Atención, por favor. Deseo comunicarles que el doctor está atrasado viendo a otros pacientes.

—¿Cuán atrasado? —preguntó irritada, pensando en su reunión de las 6:00 p.m.

—Por treinta y cinco minutos entre cada paciente, —contestó la asistente del doctor.

—...

La deambulante

Saber vivir es hacer lo mejor que podamos con lo que tenemos en el momento en que estamos. (A. Jodorosky)

Caminábamos sin prisa. Ámbar iba oliendo todo lo que encontraba a su paso y yo diciéndole—¡No!, ¡qué no! —pero no me prestaba atención.

El día estaba soleado y una suave brisa nos acariciaba. Había decidido llevarla al parque de perros para que socializara con otros cachorros que allí jugaban. Diferentes clases de caninos de diferentes razas corrían acompañados de sus dueños. Admirada le dije: — Orgullosos perros, un espectáculo digno de admirar. ¿Qué te parece, Ámbar?

Las hermosas féminas iban vestidas con trajecitos confeccionados para su raza, lucían colores brillantes y algunas tenían lazos que combinaban con sus vestidos. A los machos los mantenían alejados de las hembras para evitar confrontaciones. Caminaba a Ámbar por todo el parque. A lo lejos en un pequeño lago, unos patos nadaban en un lago, alrededor niños, corrían tratando de agarrar unos pájaros silvestres.

—¡Ahí, estaba la deambulante! Era la segunda vez que la veía.

Su cabello de dos colores le caía sobre sus hombros, lucía seco y sucio. En su rostro sobresalían dos ojos grandes, una nariz pequeña y una boca cerrada con los labios sin pintar. Vestía con unos *jeans* de ruedos más largos que sus piernas, por donde se lucían unos tenis que en otros tiempos eran blancos. Se cubría con un suéter negro desgarrado y descolorido. En su espalda llevaba una mochila rosada maltratada por el tiempo y en sus manos un letrero que leía: *homeless*.

Se fijó en Ámbar. La perrita quiso jugar con ella. Tímidamente la mujer la acarició pasándole su mano por el lomo. De pronto, comenzó a escucharse una voz angelical que brotaba de su garganta entonando una hermosa melodía. Poco a poco los transeúntes se fueron acercando formando un corrillo donde ella era el centro. Los que hacían ejercicios, los que corrían bicicleta, los padres con sus pequeños, y los dueños de perros, se detenían. Y algunos cerraban sus ojos para escucharla con atención. Su voz no armonizaba con su vestimenta ni con su cuerpo maltratado. ¡Un silencio!

Una sonrisa agradecida se dibujó en su rostro pálido mostrando una dentadura perfecta y alineada.

—¡Otra! ¡Otra! —pedíamos casi suplicando seguidos de vítores y aplausos. Había terminado su última nota.

Con elegancia como toda una profesional inclinó su cuerpo y nos dio las gracias.

Con aplomo y seguridad, sin timidez, comenzó a cantar el *Ave María*, de Franz Schubert. Ya para este momento, el público atento, admirado, sorprendido… disfrutando en silencio, con los ojos cerrados soñando…A lo lejos, el ruido de los automóviles. Unos pájaros surcaban el cielo y el sol tibio, suave, enaltecido, iluminaba la escena que tenía una perfecta escenografía.

Todos estábamos en relajación. Las notas emitidas por esa preciosa voz nos conectaban con nuestro yo interno. La concurrencia perpleja y entusiasmada comenzó a aplaudir por un tiempo prologando. La hermosa damisela alzó sus brazos al cielo en señal de agradecimiento.

Se alejó sin volver su mirada atrás. Sentí pena de ella. La cubrí mentalmente en una nube de amor. Me senté con Ámbar en un banco. Ambas nos miramos y le expresé sosegada:

—Detrás del rechazo que podemos sentir por una desagradable apariencia, puede surgir, como el loto, una flor en medio del fango. Una belleza que hace que nos avergoncemos de nuestra insensatez.

La verdadera esencia es invisible a los ojos del cuerpo, pero es visible a los ojos del alma.

Un día de lluvia

Algunas personas caminan bajo la lluvia, otras simplemente se mojan. (Roger Miller)

Juntas salimos al balcón de la casa. Al compás de las notas del techo de aluminio, la lluvia cantaba al dejarse caer. Asustada, Ámbar brincaba a mi alrededor para que yo la tomara en mis brazos. Esa lluvia suave bañaba las plantas y todo lo que encontraba a su paso. Unos rayos de sol besaban el suelo como queriendo despedirla. Nos acomodamos en el pequeño sofá que estaba recostado contra la pared. A través de la ventana, veíamos como se iban formando los charcos de agua en el terreno. Gota tras gota iban llenando las vasijas que servían de bebederos a los pájaros que nos visitaban. Las nubes abrían sus ojos llenándolos de lágrimas para continuar vaciando su llanto. Le pregunté con ternura:

—¿Ámbar, te gustaría bañarte en el agua de la lluvia?

Asombrada por mi pregunta, la cual no podía entender, levantó su cabecita. Ella me invitaba a mojarme como cuando yo era pequeña, que dejaba correr por mi cuerpo el agua que caía del cielo. En mí se despertaba la niña que llevaba por dentro.

En mi subconsciente, la adulta me regañó alertándome que podría enfermar. Me divertía y no le hice caso. Salí corriendo para colocarme en el centro del patio. Agarré a mi perrita…, abrí la puerta lentamente, dejando que las primeras gotas acariciaran mi cuerpo. Y le expliqué a mi buena amiga:

—Mira, Ámbar, la lluvia nos deleita con su agua. Viene del cielo. Es minuciosa al regalarnos su rocío para que podamos comprender su importancia. Va besando cada lugar en el planeta dando vida a todo lo que crece sobre él. Ella me miraba con cariño con una mirada penetrante repleta de amor. Las plantas sedientas beben sin detenerse, ¡es líquido sagrado! Cada gota de lluvia es un hada convertida en niña que quiere jugar.

Ámbar temblorosa, empapada en agua, deseaba entrar a la casa. La coloqué en el piso. Se sacudía una y otra vez queriendo secar su cuerpo. Era como ver las gotas de agua de ella salpicaban sobre mí, —y le expresé feliz: —Hoy escribiré en tu diario que la lluvia bañó nuestros cuerpos, y que impulsadas por un deseo disfrutamos este momento, que quizás mañana no tengamos.

Con ternura abracé a mi compañera dándole las gracias por ser parte de esta magnífica aventura. Mientras en el cielo, y con mucha cautela, los ángeles iban enumerando cada gota que descendía.

El tren de mi vida

He crecido cerca de las vías y por eso sé que la tristeza y la alegría viajan en el mismo tren. (Fito Cabrales)

Me gustaría escribir en un diario acerca de los momentos en que el tren de mi vida se detiene y me bajo de él. Dejar sellado en ese diario la trayectoria recorrida en un mapa mental. Tatuar mis lágrimas y las veces que mis ojos se encontraron un día sin una gota de ellas. Y también de las ocasiones en que disfruté cuando la vida me regaló sorpresas, al traerme alegrías a mi diario vivir.

Rememorar los últimos tres años de mi historia plasmando los caminos recorridos en el tren de mi vida. Cada vagón carga una experiencia que representa tristeza o alegría. Va de carril en carril donde la velocidad sube y baja de acuerdo a lo que me enfrento.

Mi metamorfosis ocurre en la alegría o en el dolor. Mi tren tiene dos letreros dependiendo de la parada en que me detengo. En ocasiones entro en el vagón que carga la tristeza, buscando remanencias de las experiencias de aflicción guardadas en el pasado. Recreo en mi mente una película de esos momentos donde la vida me sacudió y aprendí a montarme en el vagón de la alegría.

Cuando los problemas y el dolor tocan a nuestra puerta pretendemos cerrarla para no dejarlos entrar. El peor momento es cuando una tragedia con los hijos, el dolor se refleja lastimándolos, así como al esposo, a un familiar, o a un amigo. Si se trata de un hijo agotamos nuestros recursos en la búsqueda de soluciones. Jugamos a ser yoyos, nos enredamos en su cordón, y sin encontrarlos, bajamos y subimos muchas veces.

—¡Oh, dolor! Invisible como fantasma vas entrando al centro de mi pecho. Te alojas ahí, produces mariposas en el estómago, haces que yo sólo piense en ti. En la soledad de mi alcoba vienes y vas, torturándome. ¡No hay paz dentro de mí! No me dejas hablarte. ¡Eres el rey y señor de todo lo que veo y toco! Eres, tú, dolor, el que me domina.

Deambulo acompañada de tu lastimera presencia, pretendiendo sin poder colocar una pared invisible entre la frente y el cerebro para que no llegase. Elevo una oración y repito el Ave María varias veces como una autómata aturdida y paralizada por el miedo.

—¡Ay, dolor!, me miras, te ríes, te burlas de mí y, como la avispa, sigues clavando tu ponzoña en cada nervio de mi cuerpo. Entrando en mi piel por cada poro, mientras mis oídos escuchan tu martillar, pretendiendo, sin poder, para que no llegases.

En las noches recuerdo las revelaciones, visiones y sueños de tragedias que se me presentaban. Evité pensar en estas vivencias por temor a que se concretaran. Desafortunadamente mis experiencias extrasensoriales llegaron y se hicieron realidad. Me sentía culpable por no entender esos mensajes. Temía que se materializaran. Las compartí con otros. Pero callaban sin opinar: Pensaba —Me daban por loca. Yo sabía que eran reales. No podía dilucidar qué significa mi visión. Te veía hijo en mis visiones. Oré con mucho fervor.

Ahora sentada en la sala de emergencia esperando noticias tuyas revivo mi visión. Repaso miles de veces la noticia y la espera. Mi presión arterial sube y mi cabeza parece que va a estallar al recibir la llamada telefónica de un capellán del hospital.

Hacía dos semanas trataba de encajar en mi biografía la noticia y la espera. Mi conversación con los oficiales de la ley, mis interrupciones a la oficinista a cargo de verificar el estado de los pacientes. Mi dolor revivió el sonido del teléfono y el momento de aquella llamada. Mis premoniciones se hicieron realidad. Ese olor a perfume de hombre que me llegaba en aquellos momentos cuando menos lo esperaba, aludía a mi hijo.

Me detuve y quise entrar en el vagón de la alegría. Viajar agarrando la mano de mi hijo y juntos viajar por los valles, montañas, y ver el ganado pastando en la tranquilidad de los vastos terrenos. Observar como las nubes corren al unísono con el tren. Tocarlas y que sintamos en las manos las gotas de agua microscópicas suspendidas en la atmósfera. Quería sentir el susurro del viento en mi oído dejándome saber que todo iba a estar bien. Anhelaba meterme en la noche en la hamaca de la media luna y juntos visitar el reino del sol. Cantarle canciones de cuna, mientras lo cargo en mis brazos, besándolo y diciéndole:

—Todo va a estar bien. Yo tu madre, la que te llevó en su vientre, la que lloraba junto a ti cuando te enfermabas, la que te leía cuentos de hadas en tu infancia, y la que continúa orando en las noches por tus hermanos y por ti. Yo, la matrona, la que pedía en silencio que nada te dañara, ¡siempre estaré a tu lado!

Sí, quería desplazarme en mi vagón de la alegría por ciudades desconocidas evitando pensar. Mi tren se detuvo sabiendo que era mi parada y que había llegado el momento de enfrentar mi realidad.

La Sala de Emergencias Médicas del hospital de trauma era inmensa. A la entrada, tenía un arco detector de metales con un agente de seguridad que revisaba las carteras y verificaba que nadie entrara con armas. Junto a mi esposo nos dirigimos a la sala de extrema izquierda. A través de las paredes de cristal veíamos los autos de la policía estacionados y las ambulancias que llegaban trasladando heridos. En la puerta de entrada, dos oficiales no permitían el paso de familiares u otras personas sin autorización.

Un salón divido con letreros daba la bienvenida a los que iban llegando. Había sillas de un extremo a otro ocupadas por pacientes y acompañantes. En el mostrador, donde se encontraban las computadoras, estaban las recepcionistas que informaban, dirigían y tomaban las fotos, además de registrar a las personas que llegaban.

Mi corazón, corriendo como una locomotora palpitaba acelerado por la mala noticia. Había llorado desde que el capellán del hospital llamó por teléfono, y con una voz calmada, me notificó del accidente de mi hijo.

Esa noche del fatídico accidente la sala de emergencia estaba abarrotada de familiares que buscaban información de sus allegados. Nosotros en una esquina cerca de los cubículos, escuchábamos el llanto de las malas noticias que otros recibían. Era el lugar donde el capellán informaba a los familiares el fallecimiento del paciente. Pasmados, observábamos el ir, venir, entrar y salir de todos los seres queridos. Desconocíamos el estado de nuestro hijo. No se nos permitió verlo. No puedo recordar las veces que me levanté de mi silla e iba a hacerle la misma pregunta a la recepcionista: —¿Cuándo puedo ver a mi hijo?

Cada ser humano sentado allí tenía una historia que contar. Mis ojos rojos y mis párpados pesados e hinchados por el llanto, se movían con lentitud observando el dolor y la incertidumbre que se vivía en la sala. Me recosté en el hombro de mi esposo. Un silencio sepulcral nos arropaba. Solo un susurro o un suspiro brota de nuestros labios. De vez en cuando nos apretábamos las manos. Era la forma en que nos comunicábamos.

El capellán se acercó a nosotros para informarnos que no podríamos ver a nuestro hijo. Sentí que la cara se me ponía roja, la temperatura de mi cuerpo subía, el calor me sofocaba. ¿Cómo es posible que no pudiera ver a mi hijo? Mi esposo sudaba copiosamente. Colocaba una de sus manos en su corazón. Él se tocaba el pecho con dolor. Luego con una expresión de desesperación, unía ambas manos llevándolas a su boca en gesto que ante el dolor él siempre hace. Lucía pálido, cansado, asustado y muy angustiado. Entonces fue que el capellán nos informó que nuestro hijo estaba estable y sólo esperaban que la policía llegara para entrevistarlo.

Me convertí en una concha para evitar que cualquier agresión externa llegara a mí. A lo lejos, escuchaba el llanto de un niño enfermo. Mi esposo hablaba con nuestra hija por teléfono, sin poder contestar las preguntas que le hacía. Sentíamos pasar el tiempo lento, lento...

¡Cuatro horas esperando! Un grupo de diez personas, de la raza filipina, entraron a la sala de espera buscando información de un familiar involucrado en un accidente. ¡Sentí pena! Se aglomeraron cerca de nosotros. Sentí tristeza cuando el capellán los llamó, y se los llevó al cubículo, y cerrando la puerta. Al rato gritos y sollozos se escucharon en la sala. Angustiada, pensaba, si ese sería el joven que estuvo involucrado en el accidente de mi hijo. Mi esposo y yo nos apretábamos las manos con desesperación. No sabíamos qué hacer.

El reloj seguía marcando los minutos y con cada uno de ellos nuestra angustia iba creciendo. A la 1:00 a.m. pedí hablar con uno de los oficiales que estaba afuera en el estacionamiento. Le supliqué que deseaba ver a mi hijo. Le expliqué toda la historia. Me indicó que estaban esperando unas pruebas, y que tan pronto recibieran los resultados, él se podría ir a la casa. A las 2:00 a.m. pude por fin abrazarlo.

Salimos en silencio de la sala de emergencias. Mis lágrimas se secaron en mi rostro. Nadie hablaba. Solo el dolor de lo ocurrido se adueñaba de nuestros pensamientos. Nuevamente entré en el vagón de la alegría del tren de mi vida.

Sufrí por todo y por nada. Mi corazón de madre se abriga en la esperanza de que, si en algún momento mi primogénito, al detenerse en un cruce en las vías del tren tratando de decidir qué dirección tomar, el Ser Supremo me lo ampare—.»Mi Dios, te pido que le envíes un ángel de frente que le señale el camino«.

El color del alma

No soy negro, soy hombre. (Martin Luther King)

A los dieciocho años, la joven universitaria era toda una belleza. Su cuerpo esbelto, su piel morena, sus ojos color miel, y su cabellera negra rizada, hacían que fuera el centro de atención en las personas al mirarla. Siempre con una sonrisa en los labios la hacían lucir fina y elegante. En su niñez había crecido en un ambiente de mucho diálogo y mucho amor. Sus padres constantemente estuvieron pendientes de sus juegos y estudios, involucrándose en todas sus actividades escolares. En el seno de su hogar, junto a sus progenitores, experimentó bienestar, seguridad y confianza, valores de vida que la ayudaron a ser una estudiante responsable, y defensora de sus derechos.

Sarita no podía entender ni comprender por qué en sus clases sentía el rechazo de sus compañeros. Al caminar a su primera clase de historia de América, iba pensando en la desigualdad de las razas y la discriminación que sufrían. En su raciocinio se dio cuenta por qué su mamá siempre le repetía —Sarita, recuerda que lo importante es el color de tu alma y no el color de tu piel. Ella nunca había prestado atención a esas palabras. No imaginaba la preocupación de su querida madre, ni las razones por las que le repetía su color de piel. Cuando cumplió los quince años, Rosa, su madre, como una letanía le repetía todo el tiempo:

—Sarita, ámate mucho, es lo más importante en la vida, luego ocúpate de amar a tu prójimo.

Fue la primera en llegar al salón de Historia de América, llegando más temprano que de costumbre, saludó al profesor que ya se encontraba allí. Este era un hombre con más de treinta años de experiencia como educador. El salón tenía una mesa redonda con veinte sillas. Ella se sentó en una cerca del profesor. A medida que los estudiantes iban llegando escogían la silla de su preferencia.

El maestro dio los buenos días y escribió en la pizarra el tema del día: *La discriminación de acuerdo a tu etnicidad.* Los estudiantes, movidos por una curiosidad impertinente, se miraban entre sí con una sonrisa en la comisura de los labios. Al unísono dirigieron su mirada a Sarita. Era la única estudiante de la raza negra en el salón.

La jovencita sintió que su tez se ponía roja como hierro incandescente. Su rubor facial, a pesar del color marrón de su piel, se podía notar. Angustiada sintió deseos de llorar. Se controló. Miró fijamente a cada uno de ellos. Su mirada se movía de izquierda a derecha, como si tuviera una escoba en su mano barriendo de un lado a otro.

El profesor, hombre caucásico, observó la reacción de los estudiantes guardando silencio. Sarita levantó su mano y le preguntó:

—¿Puedo dirigirme al grupo por unos minutos?

El maestro movió su cabeza afirmativamente, y ella poniéndose de pie inició su discurso.

—Cada uno de ustedes me dan qué pensar. Duele vivir en una sociedad llena de prejuicios, donde los méritos se adquieren de acuerdo al color de la piel. Nunca me he defendido de los atropellos recibidos a través de mi vida, —y continuó desafiante—. ¿Cuál es el color de tu alma? ¿Cuál es el color de tu sangre? ¿Cuál es el color de tus órganos internos? Si corto mi piel mi sangre será roja como la tuya —señalándolos con el dedo índice—si abro mi cuerpo, mis órganos serán del mismo color que los de ustedes, y de usted también, profesor. Somos iguales por dentro. Y no les pregunto sobre el color de sus almas, saben ¿por qué?:

—Estoy segura que el color del alma de cada uno de ustedes es negro.

La alarma del reloj la despertó. Ella se levantó sobresaltada. Se dio cuenta que estaba en su cuarto y no en el salón. Mirándose en el espejo se dijo para sí:

—¡Qué sueño extraño! Gracias Dios, por mi vida. ¡Soy negra! Sé lo que valgo.

Entró a la ducha aun pensando en la pesadilla que tuvo y la voz que quería que preguntase:

—¿Cuál es el color de tu alma?

La emigrante

Aquellos que cruzan el mar cambian de cielo, pero no de alma. (Horacio)

Se sentía presa de la angustia ante la imposibilidad de apartar los pensamientos que le asediaban. Las palpitaciones locas de su corazón iban en aumento cada vez que daba un paso en la oscuridad. La sensación de ahogo acompañada del miedo hacía que ella, por momentos, se detuviera y sintiera deseos de vomitar. Estuvo escondida toda la noche. Miró al cielo y se dio cuenta de que pronto el crepúsculo matutino anunciaría la luz del día. Dio unos pasos al frente buscando el pequeño bote que la llevaría al sueño americano.

A los veinte años y con dos hijos, uno de cinco y la niña de tres, hacía que su instinto maternal aumentara su desasosiego ante la separación de sus criaturas. Su madre le prometió cuidar de ellos. Ella esperaría a establecerse para mandarlos a buscar. La miseria, la violencia física por parte de su pareja, y las condiciones infrahumanas en que vivía, la motivaban a mantener la esperanza de una vida mejor que le diera alas para seguir sola adelante.

A lo lejos divisó al *coyote* que la transportaría a escondidas e ilegalmente. No tenía los documentos adecuados para viajar formalmente, ni la aprobación previa para entrar a su destino: América. Un pequeño bolso colgado de su brazo izquierdo tenía lo poco y decente que poseía: dos bragas, un sostén, un cepillo de cabello, dos camisetas, unos jeans, y la ropa que llevaba puesta. Las instrucciones fueron que esperara la señal del hombre que guiaba la pequeña embarcación. Se colocó unos lentes de sol, se ajustó el sombrero de ala ancha, bebió un sorbo de la botella de agua, y salió a la planicie humedecida por la marea alta.

El hombre, con dos remos a cada lado de la yola, remaba mirando a todos lados. Era una embarcación construida de madera y poco segura. Temerosa miraba la embarcación pensando cómo podrían desafiar el mar en algo tan pequeño y liviano. Al atracar el hombre con su yola le preguntó: — ¿Rosalina?

Ella afirmó con la cabeza. Las manos le temblaban. Él extendió su brazo para ayudarla a subir. Con una cara de espanto lo miró. Él la sentó alejada de los remos encima de unas tablas que fungían de banco. El mar, agitado por las olas debido al fuerte viento, batía la yola. A través de sus lentes oscuros pudo hacer un escrutinio del hombre. Le calculó algunos treinta y cinco años. Su piel lucía quemada por el sol.

Llevaba una camisa sin mangas y un *jeans* gastado por su uso. En su muñeca izquierda tenía un reloj negro con correa de cuero. Calzaba unas botas negras impermeables sin cordones que lo protegían del agua del mar. En su cabeza llevaba una gorra de béisbol azul marino, y su cabellera larga hasta los hombros, le daba un aspecto femenino. A su lado izquierdo, tenía un transmisor receptor portátil que transmitía mensajes, y a la derecha, un revólver que lo ocultaba con un pedazo de cartón en forma de embudo.

El hombre no le dijo como se llamaba. Le dio unas instrucciones un poco asustado muy rápidas, en caso de que fueran interceptados por la guardia costanera. Le indicó que si los detenían no podía hablar de su procedencia. El silencio era necesario para sobrevivir. Ella afirmaba con su cabeza, callada y espantada, por lo que él le decía y por la inspección que visualmente había hecho de él. La marejada bailaba formando olas de gran tamaño.

El sol se escondió detrás de unas nubes. Un cielo que, en horas atrás era azul celeste, ahora era uno tormentoso lleno de nubes grises. Se sentía mareada con sudores fríos acompañados de vómitos y dolor de cabeza. Rosalina lloraba. El hombre la miraba insensible.

Una somnolencia se iba apoderando de ella provocada por el estrés y el sentimiento de culpa. Elevó una oración tartamudeando las palabras. Necesitaba ser fuerte para poder seguir adelante. Una voz masculina a través del transmisor la hizo reaccionar.

—¿Cómo va todo?—preguntó la voz ronca del hombre.

—Nos faltan alrededor de ocho horas para llegar a la isla de Margarita.

—Apúrate y recuerda las reglas.

—Sí, patrón.

El hombre movió los remos con prisa en su batalla contra las olas. Las castigaba cada vez que dejaba caer su remo en el agua con una fuerza furiosa, como si odiara lo que hacía. La pasajera empapada por la lluvia miraba al horizonte. No recordaba las horas que llevaba sentada en la madera. Le dolían los glúteos y el estómago.

El hambre, la sed, y el silencio, eran su peor enemigo para lograr la paz deseada. Solo la esperanza de un mejor mañana la hacía calmarse. La noche llegó de sorpresa, el hombre estaba exhausto de tanto remar.

Al igual que Rosalina, la fatiga y el cansancio, provocaba en él la falta de atención y poca claridad en lo que hacía.

Por primera vez en toda la travesía le dio la orden de que cerrara sus ojos y tratara de dormir. Una luna llena favorecía la visibilidad en la oscuridad que cubría el inmenso mar. En la noche, el ojo blanco los observaba desde el cielo, alumbrando la trayectoria de la pequeña embarcación. El mar, ahora quieto, les regalaba sus brazos ayudándolos a navegar sin problemas. Tanto el capitán como la pasajera, embrujados por la noche dormitaban, cada uno sentado en cada extremo de la yola.

Rosalina sentía dolor en todo su cuerpo. Sus piernas inactivas por horas le dolían. Su ropa se iba secando con el calor de su cuerpo. A lo lejos divisó al centinela de la cara redonda, que poco a poco iba dejándose ver en la lontananza. Unas gaviotas volaban en la distancia. La joven sonrió. Como la paloma en el arca de Noé que anunció tierra, así las gaviotas anunciaban que estaba cerca de pisar suelo. Por segunda vez se escuchó la voz del hombre a través del transmisor portátil.

—¿Cuánto te falta? — le preguntaron ansiosos al marino desde la costa.

—Algunas dos horas jefe, —respondía agotado.

—Te estaré esperando cerca del bosque.

—Entendido.

¡Por fin habían llegado! Un sentimiento de triunfo y confianza se apoderó de la mujer. Elevó sus ojos al cielo y exclamó:— ¡Gracias!

Memorias de mi padre

No hay mejor homenaje a la memoria de un padre que imitar noblemente sus virtudes. (Anónimo)

Me encanta este pensamiento. Me hace recordar a mi padre que perdió su visión al desarrollar retinopatía diabética. Su experiencia por los años vividos le ayudó a sobrellevar sus limitaciones físicas a su alrededor. Hombre orgulloso: le gustaba la buena comida y el buen vestir. Recitaba el salmo Corintios 13. Contaba con majestuosidad las fábulas del folclor puertorriqueño. Le encantaba interpretar *Golondrina Viajera* de Guty Cárdenas.

A pesar de su limitada escolaridad, mi viejo era sabio. Nos decía que era *bruto-logo*... y que había estudiado en la universidad de la *bruto-logia*... Amaba jugar dominó. Tenía la gran facultad de saber, al final de un juego, la suma total de los dominós del perdedor o los perdedores. ¡Un gran viejo, mi padre!

A los 76 años lo matriculé en el programa para ciegos del municipio donde vivíamos. Fue un buen estudiante. Tuvo que aprender a caminar con un bastón para ciegos. Aprendió a contar y a nombrar el valor del dinero con el sentido del tacto de los dedos. Comía por sí solo, pero al momento de ducharse se sentía incómodo. Siempre yo lo ayudaba a quitarse la ropa y a bañarse, asegurándole a él que no lo miraba. Le entregaba el jabón para que se frotara. Al final al secarse se cubría sus partes privadas y salía del baño.

Permitía que lo ayudara a vestirse con la condición de que le dejara la toalla alrededor de su cintura. Sentado en la cama colocaba su ropa interior en las piernas y sin ayuda alguna se la ponía, así como el pantalón. Me tocaba ponerle la camisa y peinarlo, y de vez en cuando afeitarlo. Ya listo lo llevaba agarrado de mis manos hasta el comedor, donde ya le tenía servida su cena.

Mi padre no se echaba un bocado a la boca, hasta tanto no diera gracias a Dios por los alimentos recibidos. Diariamente antes de cenar, cerraba sus ojos, unía sus manos y oraba así— Gracias Dios mío por mi hija y por mi madre la Reina de España, por los microbios de la china …—en estas peticiones se notaba el comienzo del deterioro mental de mi padre y seguía —cuida a mis hijos y gracias por estos alimentos.

En su mente quijotesca se jactaba de los millones que tenía en el banco. Fueron muchas las veces que se me escapaba de la casa para ir al banco a buscar los millones. Repartía el dinero imaginario a manos llenas. Me pedía que llevara la chequera cuando íbamos a Puerto Rico a la casa de sus nietos (mis hijos). Ahí, alardeaba de sus millones. Quería que escribiera cheques con grandes cantidades, para donarlos o regalarlos a las instituciones sin fines de lucro. Al no complacerlo se molestaba. En el supermercado la dinámica era otra. Me preguntaba el costo de cada artículo y mentalmente iba sumando el total de la compra. Al llegar a la cajera y terminar de pasar la compra, le preguntaba:—¿Cuánto es?

Si la suma de ella era una diferente a la que él había calculado, se enfurecía y me ordenaba que dejara todo, y nos marcháramos. Yo pagaba la compra mientras él molesto, se daba la vuelta. —¡Ese era mi viejo!

Mis padres estuvieron casados cincuenta años. Procrearon ocho hijos. Mi madre era ama de casa y mi padre trabajaba como camarero en hoteles. Siempre tuvimos casa propia, nunca solicitó ayuda del gobierno, y se sentía orgulloso de todo lo que lograba. Nos educó en la religión evangélica. Nos motivó a leer, a memorizar poemas y versículos de la Biblia. Uno de sus inolvidables consejos fue el de no dejarnos intimidar ante la gente. Sin darse cuenta fue formando líderes.

Mi madre muere a los setenta y uno. Nunca lo vi llorar su pérdida. Su fe cristiana lo había hecho fuerte ante la adversidad. Era un buen hijo, un buen hermano, un excelente padre, increíble abuelo, y médico curandero. Si alguno de nosotros se enfermaba, utilizaba sus conocimientos de médico casero, primero nos trataba con remedios caseros, que en muchas ocasiones fueron eficaces.

En las reuniones con mis hermanos hablábamos de su sentido del humor, de su perenne sonrisa y su inquietud por ayudar al desamparado. Nos enseñó a practicar los buenos modales en la mesa, a utilizar los cubiertos correctamente, y agradecer a Dios por los alimentos que ingeríamos. Fuimos los primeros en tener un televisor en el vecindario. Recuerdo que era en blanco y negro. Nuestra sala se llenaba con los chicos de la vecindad. Veíamos a *Flash Gordon,* y los episodios del Llanero Solitario y otros.

Aprendimos a correr bicicletas guiados por nuestro padre. Visitaba nuestra escuela una vez por semana. Los maestros lo conocían y lo admiraban, comentaban acerca de él, y lo ponían como ejemplo de un padre responsable. Siempre que llegaba al salón de clase iba vestido con gabán, corbata, perfumado, y muy bien peinado. ¡Bello mi viejo!

Una anécdota que recuerdo, incomprensible para mí, fue cuando se enteró de la muerte del Papa Juan

Pablo II. Se la pasó llorando desconsoladamente. Con mucho orgullo nos decía que era su mejor amigo. Muchas veces lo sorprendía llorando. Su pena fue tan grande que sufrió un infarto.

La mente de Papi, como cariñosamente le llamábamos, fue deteriorándose. La demencia senil comenzó a manifestarse en su personalidad y su comportamiento. Lloraba con frecuencia, su lenguaje era limitado. Sus pensamientos incoherentes. Hubo ocasiones en que no podíamos tener una conversación normal, su mente pasaba de lo real a lo irreal. Era tan contundente que no se le podía refutar. Hablaba de política con autoridad dentro de su incapacidad mental. Pertenecía al partido Republicano. En la época de elecciones hacía campaña con los amigos con quienes jugaba dominó.

Amaba a su perro Roquito. Tenían una relación muy especial. A la hora de la cena, Roquito, quien siempre buscaba sentarse cerca de él, ingería de la comida que Papi secretamente le daba. ¡Eran inseparables! Brincaba a su falda y se dejaba acariciar mientras su amo le hablaba. El animalito bajaba su cabeza y se dormía.

Otras veces mi Padre cantaba himnos. Le regalé una armónica con la que solo sabía hacer ruidos. A medida que su edad cronológica iba en aumento, su cuerpo se fue anquilosándose, así como la pérdida de su visión, era peor cada día que pasaba. Debido a su lento caminar estiraba sus brazos hacia el vacío para evitar chocar. Siempre usó una gorra para evadir los golpes en su cabeza. Nunca se quejó, para él todo estaba bien.

Fue un hombre emprendedor y entre una de sus habilidades estaba la compra y venta de casas. Tanto mi hermana mayor como mi familia lo recuerdan como el primer corredor de bienes raíces en Puerto Rico. Al momento del cierre de la venta de las casas, sentaba a sus cinco hijas, e iba una por una repartiendo el dinero de la venta para que lo contáramos. Nos decía: —Hago esto para que nunca se dejen impresionar por un hombre que hace alarde de que tiene dinero. — Estudien, trabajen y triunfarán.

Un domingo se levantó con dolor abdominal. Mi hermana menor, quien vivía con él, me avisó para decirme que Papi no se sentía bien. Inmediatamente llegué hasta su casa. Al estar junto y tratando de consolarlo, él gemía: —Sonita, me voy a morir. El Dios de los cielos me lo acaba de decir. Yo no me quiero morir.

Lo consolé como pude. Lo llevé a la sala de emergencia. Fue admitido al hospital. En once días se fue deteriorando, por lo que tuvo que ser intervenido quirúrgicamente de la vesícula biliar. Lo pasaron a la unidad de cuidados intensivos. Días después lo movieron a un hospicio para tratarlo con una medicina paliativa. El día de su muerte mi nieto de seis años fue a verlo. Le tomó la mano y le dijo en su idioma natal:

—«Grandpa, I'm going to pray for you».

— Now I lay me down to sleep, I pray the Lord my soul to keep and if I should die before I wake, I pray the Lord my soul to take. — «¡Mi padre suspiró! »

En su epitafio escribí:» Su vida fue una ilusión, sus sueños una esperanza. Descansa en paz Padre, querido».

Hasta el día de hoy muchos son los momentos en que mis hermanos y yo lo recordamos con amor y ternura. Por ejemplo, recitamos algunos de los poemas que aprendimos en la niñez:

—*Ese rayito de sol que sale por la mañana/que entra por la ventana llegando hasta el comedor, /es el primer amiguito que saludo al levantarme /quisiera preciso darle de manos un apretón.*

Yo soy la que parto el pan/Yo soy la que tomo el vino/Yo soy la que represento/ ¡Mi cuerpito tan divino!

No te afanes en la vida, ni vivas desesperado/pues a este mundo venimos prestados. /Por la ropa, la comida y/el bien que nosotros hagamos y /el bien que nosotros hagamos/eso te lo digo yo.../Que ante la presencia de Dios/según venimos, así nos vamos.

Epílogo

Al abrir la Cortina:

Me he encontrado con un libro escrito por la pluma y la tinta del corazón, las experiencias, las vivencias y aprendizajes de una mujer que, a través, de sus cuentos me invitó abrir la cortina para, encontrar el significado de la sencillez profunda que te invitaba a decidir cómo enfrentar situaciones de la vida. Cada cuento lo sentí y viví, que me invitaba a encontrar algo profundo. De allí, llegó la luz, era la vida misma y apareció el mensaje develado: cada cuento traía a mi palabra con significado.

El cuento de la Abuela, me hablaba de pureza, entrega e incondicionalidad. Solo se llega allí a través de conectar con una palabra de gran significado como es el Amor. Una hermosa manera como la abuela enfrentó y abrazó la situación. *La Radioterapia*, un viaje a la incertidumbre acompañada del miedo, donde el personaje encontró en la actitud, la confianza, credibilidad y la amabilidad, su carácter valiente, para salir airosa y más fortalecida.

Al avanzar y abrir la cortina, aparece *La Metamorfosis de la Tercera Edad*, me recordó el significado de llegar a ese momento con sabiduría, aceptación y crecimiento personal.

Realmente toda una experiencia de lectura, no sabía hasta dónde me traía ella, cuando de repente me encuentro con *La muerte del Pomelo*, un cuento donde te sientes a ratos envuelto en el valor de la amistad, de la convivencia, la soledad, el abandono, la tristeza, y es resuelto con la alegría de volver a renacer.

En *Un viaje dentro de mi cuerpo*, Blanca, experimentada ya en sus vivencias y aprendizajes, llega con dudas y a la vez con la confianza adquirida. Inicia una visita y conversación con su cuerpo y sus sistemas, para entender que en la unión esta la fuerza y como ella, —En pie y en victoria. Con la luz del despertar, decide abrir *El baúl rojo,* un cuento lleno de dudas resuelto con grandes decisiones y en el despertar del valor de uno mismo.

Sin quedarme claro lo que venía, llegué al cuento del *Perezoso*, que me recordó la sabiduría de movernos con una pausa, reflexionar, tener una actitud relajada, saber esperar y adaptarse.

Cada cuento me invitaba a continuar abriendo la cortina, estaba segura a este punto, que los mensajes seguían allí. Aparecieron: *El silencio del alma*, con su mensaje del manejo del dolor, *El susurro de la esperanza*, con el poder de la afirmación, el cuento *El Otoño,* con su mensaje sabio del valor de la compañía,

La tercera visita con un mensaje de actitud, La *cita,* para reflexión, *La deambulante,* mostrándonos empatía, *Un día de lluvia,* invocando a la diversión, *El tren da la vida*, vivencias y aprendizajes, *El color del alma,* con la esencia de quienes somos, *La emigrante,* con su determinación.

Sin haber terminado la lectura, hacía un viaje acompañada de una palabra de gran significado como lo es el Amor, era el pilar junto a la serie de palabras con significados que había encontrado en cada cuento.

Para cerrar esta lectura, Blanca nos trae el cuento: *Memorias de mi padre*, que, a mi parecer, es el cierre del mensaje que esta antología de cuentos trajo para mí, y que se cierra con el eslabón de amor que entrega una hija a su padre. No sabía qué iba a encontrar al abrir la cortina, acepté la invitación para abrirla, y mi alma se llenó de mensajes que comparto en este epílogo.

Amigo lector, usted tomó la decisión de leer esta antología de cuentos para el alma, y ha llegado hasta aquí con un universo de emociones, retratos, visiones que usted encontró y se identificó. En alguna parte, frase o palabra usted se vio, recordó o vio a alguien, porque Blanca escribe con la pluma, y la tinta de su corazón, llena de experiencias vivencias y sentimientos.

Leer nos hace crecer y, con mujeres como Blanca, que nos habla de momentos importantes de la vida, a través de narraciones en cada uno de sus cuentos, nos deja el regalo de maneras para resolverlos, llenando la vida de colores y de esperanza.

La enseñanza me llegó, desde lo simple, sencillo y profundo. Blanca, gracias por estar en mi vida y hacerme parte de la tuya. Todo un honor escribir este epílogo para una mujer, una amiga que la acompaña el valor de la sabiduría. Amigo lector, que al abrir la cortina de la vida encuentres que: —Los sueños son para ponerles piernas, y no hay fecha ni hora en el calendario.

Abrazos de amor,

Milagro Rubio Perroní

Biografía

Blanca S. Padilla de Otero, nació en Santurce, Puerto Rico. Estableció su residencia en Winter Park, Florida hace 34 años. Es graduada de la Universidad de Puerto Rico, con un Bachillerato en Artes en Educación. Inició su carrera literaria a la edad de 63 años donde señala que las palabras tienen un poder sanador.

Escribe cuentos, poesía y semblanzas. Ha ganado premios por sus cuentos *El susurro de la esperanza*, primer premio, otorgado por la Sociedad Americana Contra el Cáncer, Capítulo de Puerto Rico. *Metamorfosis de la tercera edad*, primer lugar otorgado por la Nota Latina, en el Certamen Cuéntale tu cuento a la Nota latina. Recibió el premio*: Ponce de León,* en reconocimiento por sus servicios comunitarios, otorgado por el Desfile Puertorriqueño de Orlando. La Casa de Puerto Rico en Orlando, le otorgó los premios: Coquí de Oro en Educación y Líder comunitaria.

La Freedom High School de Orlando, la nombra *Miembro Honorario de La Sociedad Hispánica*, Capítulo La Libertad, por su destacado liderazgo y servicio a la educación, y a la comunidad hispana. Ganó premio con su poema: *Confesión,* otorgado por la Sociedad Americana del Cáncer, después de recibir su segundo diagnóstico de cáncer de mama. Con su cuento *La estrella de Belén*, obtuvo el primer lugar en el Primer Concurso Historia de Navidad, organizado por Milibrohispano.org

Llevar alegría a los asilos de ancianos en diferentes instituciones, ha sido una de las labores más gratificantes para Blanca. En las celebraciones del Día de las Madres y Navidades, les lleva regalos, música y comida en unión a otras organizaciones. En la celebración del Día de Reyes, logró unir dos importantes asociaciones de la Florida Central, para regalar juguetes y perpetua una tradición hispana en la Florida Central. Desarrolló un currículo *Un poquito de español,* para ayudar a empleadas de un auspicio a comunicarse mejor con los pacientes hispanos. Es una de las administradoras del Grupo Amigos de Grupos Culturales de Puerto Rico y el Mundo.

Es la coordinadora del evento internacional *Grito* de *Mujer* en Orlando, Florida. Este es un Festival Internacional de Poesía y Arte Grito de Mujer, MPI. Una actividad que crea consciencia acerca del maltrato en la mujer. Ha editado libros de poesías y cuentos. Está casada hace 50 años con Víctor M. Otero, tiene tres hijos y cuatro nietos.

Puede contactarse a:
oct98ber@msn.com
Atención: Blanca S. Padilla de Otero
407-443-2359